1

最強の剣聖、美少女メイドに転生し箒で無双する

三日月猫 | イラスト | azuタロウ

CHARACTERS

ロザレナ・ウェス・レティキュラータス

没落貴族の一人娘。
お家復興のため、
剣聖を目指している。

アネット・イークウェス

なぜか美少女(♀)に
転生してしまった元最強の剣聖。
現在は没落貴族の家で
祖母と共にメイドをしている。

「本当に、私は
お嬢様のお身体を
洗わないといけない
のでしょうか？」
「特別にあたしの
身体に触れることを
許してあげるわ！
光栄に思いなさい!!」
元・剣聖のオッサン、
美少女メイドに転生し、
貴族令嬢の体を
洗わされる!?

アーノイック・
ブルシュトローム
歴代最強の剣聖であり、
アネットの前世。生前は
人間離れした強さから
人々に恐れられていたが、
死後その評価は一変し
「伝説の英雄」として
語り継がれている。
ジェネディクト・
バルトシュタイン
闇組織・蠍の奴隷商団の長。
弱者をいたぶることが趣味。
剣聖に次ぐ実力者。
リトリシア・
ブルシュトローム
現剣聖であり、
アーノイックの弟子。
自称・アーノイックの
永遠のお嫁さん。

最強の剣聖、美少女メイドに転生し箒で無双する 1

三日月猫

CONTENTS

[イラスト／azuタロウ]

プロローグ

Prologue

「俺の人生も、ここまで、か」


雪の上で大の字になって倒れ伏しながら、男はそう呟く。

彼は見るからに満身創痍の死に体だった。

腹部は綺麗に斬り裂かれており、その傷跡からは止めどない血が流れ落ち、雪の上を赤く染め上げている。

誰が見ても、この男の命が消えかかっていることは明白に理解できることだろう。

だが、彼のその顔は苦悶に満ちたものではなかった。

男は満足げな表情を浮かべながら、澄み切った雲一つない青い空を、何故か静かに見つめていたのであった。


「……師匠。本当に、これで良かったのでしょうか？」


雪をザクザクと踏みしめながら、突如、一人の少女が男の視界に現れる。

その金髪の森妖精族の少女は、目の端に涙を溜めると、沈痛な表情を浮かべて死にかけの彼を見下ろした。

　そんな彼女の姿に対して、男は可笑しそうにハハッと、小さく笑い声を溢す。

「次期『剣聖』ともあろう奴が何て顔をしてやがる、リトリシア。てめぇは今、剣の頂に立ったんだぜ？　明日から世界中の血気盛んな剣豪たちが、お前を越えるために決闘を挑んでくるようになるんだ。もうちょいシャキッとしやがれ、シャキッと」

「……私は、『剣聖』を名乗る程の器ではありません。結局、師匠に私の剣が届いたことは一度も無かったのですから……」

「は？　おいおい何を言ってやがる。今こうして俺を殺してみせたのはてめぇだろうが」

「そんなっ……そんな酷いことを、仰らないでくださいっ……！」

そう言って少女は持っていた剣を地面に落とすと、両手で顔を隠し、嗚咽を溢しながら泣き始めたのだった。

　男はそんな彼女の様子に困ったように眉を八の字にすると、小さく息を吐き、再び青い空へと視線を向ける。

「すまねぇな。お前に損な役回りを任しちまって」

「ぐすっ、ひっく……いいえ。病気で死ぬよりも剣で死にたい。師匠のその心は、一介の剣士である私にも分かる心情ですから……」

「一介の剣士だなんて、自分をそんなに卑下するんじゃねぇリトリシア。俺は世界最強の『剣聖』だぞ？　そんな俺の弟子なのだから、もっと胸を張りやがれ。てめぇは強い。この俺の自慢の弟子……いや、お前は俺の自慢の娘だったぜ、リティ」

「師匠っ……師匠ぉぉ……!!」

視界がぼやけていく。

段々と、少女の泣き声が聞こえなくなっていく。

男は泣きじゃくる弟子の顔を最期まで視界に収めながら、静かに瞼を閉じた。

そして、自分が生きて来た今までのことを思い返しながら、小さく笑みを浮かべた。

(何、それなりの人生だったんじゃねえのかな)

剣に生き、剣に死ぬ。

振り返ってみれば、男の人生は常に剣と共にあった。

スラム街の孤児として誕生し、パンひとつを巡って、他の孤児たちと短剣を持って殺し合ったこと。

そんな殺伐とした幼少時代を送っていたある日、運悪く先代『剣聖』に喧嘩を売ってしまい、ボコボコにされた挙句、結果無理やり彼の弟子にさせられたこと。

そして師が亡くなった後、彼の跡を継ぎ『剣聖』として、人々の安寧のためにあらゆる魔物や猛者たちと剣を交えてきたこと。

今考えると、自分は常に戦いばかりの毎日を送っていたような気がすると、彼は呆れたように思い返していた。

ただただ剣を振って、強さだけを追い求め続ける毎日。

普通の人間が求める幸せな生活とは程遠い、生きるか死ぬかの日々の連続。

いくら思い返してみても脳裏に浮かぶのは、幼少期から年老いるまでずっとチャンバラごっこをしていた、日々の自分の姿だけだった。

まるで女っ気のなかった自身の人生に、男は思わず自虐気味に苦笑を溢してしまう。

「まぁ、でも、そんな生き方をするバカが一人くらい居ても悪くはねぇかな。けれど、願わくば……来世は女に縁がある人生が送れると良いなぁ。どうせならどっかの国の王族に生まれ変わって、ハーレム万歳、とかな？　今まで祖国のために剣を振り続けてきたんだ。それくらい夢見てもバチは当たらねぇだろ。ガッハッハッ……ハッ……うぐっ」

「……師匠。師匠は十分、女性に慕われていましたよ。だって……だって、私は……っ」

「……来世……女に……」

「!?　し、師匠!?　眼を、開けてくださいよ!!　さ、最後まで、私の言葉を聞いてくださ い……師匠ぉぉぉぉっ!!」

そんな、下卑た空想を思い浮かべながら、世界最強の男、『剣聖』アーノイック・ブルシュトロームの意識はそこで途絶える。

娘のように可愛がっていた、たった一人の愛弟子の少女に看取られながら——三十年余りの時間を剣の頂に居座り続けた男は、こうしてひっそりとこの世界から息を引き取ったのだった。

第1章　幼年期編　最強の剣聖、美少女メイドに転生する

Chapter.1

まっすぐと前を見据えて、意識を集中させる。

目標は、眼前にユラユラと降り落ちてくる、あの小さな木の葉だ。

かつて『剣聖』と呼ばれていた俺にとって、落ちてくる葉っぱを粉々に切り裂くことなど、造作もないこと。

腰に箒を携え、抜刀の構えを行い、タイミングを見計らって足を前へと踏み出し——そうだ、ここで、横薙ぎに剣閃を放つ！

「こらっ！　アネット！　中庭でチャンバラごっことは何事か!!」

突如何者かに後頭部を殴られた俺は、その場に箒を落とし、痛みを堪えきれず両手で頭を押さえ、蹲る。

何事かと思い背後を振り返ってみると、そこには、眉間に皺を寄せた給仕服姿の老婦人が腕を組んで立っていた。

「痛ッッッ!!　何しやがるババアッ!!」

「こらっ!!　何だいその汚い口調は!!　あんたはね、この栄えあるレティキュラータス家の使用人なんだよ!?　主人の格を落とさないようにと、あれほど綺麗な言葉の使い方を教えてやったというのに……もう、仕方のない子だね!!」

そう言って顎がしゃくれた白髪の老婆は俺をヒョイと軽々持ち上げると、片手で抱え、そのまま歩き出してしまった。

かつては誰にも傷を負わせられたことのない無敗の剣士だったというのに、今の俺じゃ、こんな年老いた老婆にすら間合いに入られ、簡単に持ち上げられてしまう始末だ。

自分の情けなさに、思わず涙が出てきてしまう。

「クソがーッッ!! 離しやがれババア!! 俺は世界最強の『剣聖』様なんだぞ!? こんな、犬みてぇに抱えやがって!! 無礼だとは思わねぇのか!!」

「はいはい、またそのごっこ遊びかね。良いかい、アネット。『剣聖』様はね、お前なんかが軽々しく口にして良いような御方(おかた)ではないんだよ」

「あ!? このっ、全く話を聞かないババアだな!! だから俺は先代の『剣聖』なんだって!! いったい何回言えば信じて……」

「アネット!! かの御方に憧れるのは自由だよ!? でもね!! たかが使用人の小娘風情が自分を『剣聖』などと、そんな無礼極まりないことを言うんじゃない!!」

「ひぅっ!?」

物凄(ものすご)い剣幕で怒鳴ってきたその老婆の姿に、俺は思わずか細い悲鳴を出してしまった。

かつては、国を襲った城程の大きさがある巨大な龍(ドラゴン)とだって、相対したことがあったというのに……。

情けないことに今の俺は、視界いっぱいに映る巨大な老婦人の一喝程度で、簡単に恐怖に慄いてしまっていた。

（畜生、何なんだよ……何なんだよ、この状況はよぉ……）

自身の栗毛色のポニーテールが、今の俺の心情を表わしているように――プランプランと、萎れているように力なく揺れているのが分かる。

そう、今の俺の姿はかつての筋骨隆々なナイスガイなどでは断じてなく。

何故か今の俺は、メイド服に袖を通した……十歳程の『幼い少女』の姿をしているのであった。

この国――『聖グレクシア王国』には、古来から王家を支えてきた『四大騎士公』と呼ばれる聖騎士の一族たちがいる。

一つ目が、血族から幾人もの『聖騎士団団長』を輩出している騎士の名門、当主は代々戦事を専門とする戦務卿を担っている一族、【バルトシュタイン家】。

二つ目が、代々優れた魔法剣士を数多く輩出しており、王家からの信頼も厚く、当主は必ず王家のあらゆる物資を管理、守衛する役目を持つ財務卿を担う一族、【オフィアーヌ家】。

三つ目が、知略、軍略に長けた指揮官を過去から現在まで多く輩出している、剣よりも知恵で戦うことを得意とする者が多い異色の騎士の家、代々軍務卿を担っている一族、【フランシア家】。

そして四つ目が、過去、幾人もの『剣聖』を輩出してきた――が、今やそれも遥か昔の出来事……最早過去の栄光に縋るだけとなった格落ちの没落寸前の一族、【レティキュラータス家】だ。

俺は現在――そのレティキュラータス家の本邸にいる。

俺の名前は、アーノイック・ブルシュトローム。

生前は無敗を誇った歴代最強の『剣聖』と呼ばれ、一太刀で龍を屠ったことから、【覇王剣】という異名で呼ばれていた、五十歳手前のナイスミドルだった。

けれど、悲しきかな。

どんなに修練を積んで無敗の強さを手に入れたところで、病には太刀打ちすることは叶わなかった。

突如臓器が石化していく謎の奇病に罹ってしまった俺は、残りの寿命が少ないことを悟り、四十八歳のある日、弟子に介錯して貰ってポックリとこの世を去ることとなる。

自身が死ぬということに関しては特に恐怖もなく、別段この世界に未練もなかった。

だからアンデッドに転化するなんてこともせず、てっきりそのまま綺麗さっぱり成仏するものだとばかり思っていたのだが……。

何故か死後、俺はあり得ない事象に見舞われることとなる。

「……誰なんだよ、てめぇはよ」


目の前の姿見に映るのは、メイド服姿の幼い少女の姿。

それは、生前の筋骨隆々の髭モジャ大男の姿では断じてなく。

どう見ても、以前の自分とは全く異なる、別人のそれだった。

「はぁ……アネット・イークウェス。それが今の俺の名前、か」

イークウェス家。

彼らは四大騎士公の一角、レティキュラータス家に先祖代々仕えている歴史深い使用人の一族だ。

今の俺はそのイークウェス家の末裔、ということになっているらしい。

現在の状況を簡潔にまとめるのならば——五十手前のオッサンが何故か死後に幼女に転生、それも、由緒正しきメイドの一族に——ということなのだが、字面だけでも全くもって意味が分からんな、これ……。

ま、まぁ、確かに？　俺は死ぬ寸前に『来世は女っ気のある人生を』とか、神様に願ったよ？　願ったけど、さぁ。

まさか俺自身が女に生まれ変わるとか、ちょっと斜め上すぎた願いの叶い方だろ、神様オイ……。

この世界に神がいるとするならば、意味分からんとしばき倒してやりたいところだ。

「ったく、本当この状況はいったい何なんだ？　いくら考えても理解が追い付かないぜ」

一応、物心付いて生前の記憶を思い出してから今に至るまで、七年半の時が経過してはいる。

だが、未だこの謎の美少女化には理解が追い付かず、朝起きる度にこうして鏡の前で呆然としてしまうのが毎度の光景となっていた。

「はぁ……」

姿見の前で大きくため息を吐いてみる。

すると、鏡に映っている栗毛色のポニーテール姿の少女は、長い睫毛の付いた瞼を悲しげに伏せ、憂鬱そうな顔を見せてきた。

「む、それにしても……」

どんな表情をしても、俺、可愛いじゃねえか。

眼はパチクリとまん丸で大きいし、加えて鼻も高いし、唇はアヒル口。

一見素朴そうな印象を受けるが、よくよく見るとものすごく、俺の目鼻立ちは整っていると言えるのではないだろうか？

おいおい、貴族お抱えの使用人ってのは、顔の良い血統でも混じってんのかねぇ。

思わず、まじまじと自分の顔を観察してしまったぞ。

「ふむ……やはり何度見ても俺、めちゃくちゃ可愛いな。将来は絶対に別嬪さんになることと間違いなしだぜ！」

って、は、ははは……何、自分相手に言ってんだ、俺は……。

冷静に考えるとめちゃくちゃ萎えてくるぜ、こんな、筋肉も上背もない弱っちそうなのがかつて剣の頂に立った男だと思うとよぉ……。

しかも、メイド服なんてこんなヒラヒラしたものを日常的に着てしまう始末だし。

くそぉ……俺、中身は四十後半のオッサンなんだぞ……？

現実を直視すると今の俺の現状が恥ずかしくてたまらなくなってくるな……本当、死にたくなってくる。

まっ、一度もう死んでいるんだけどね!? ガッハッハッハッ!!

「アネット！ 何しているんだい!! 身だしなみのチェックにいつまでかかっているんだ!!」

「は、はいっ!! ただいま参ります!!」

クソババア……いや、祖母のマグレットに呼ばれ、俺は慌てて鏡を見直す。

現在この広い屋敷には、自身の祖母であるメイド長の老婆、マグレット・イークウェスと、俺、アネット・イークウェス以外に人はいない。

俺が産まれてからこの十年、今まで俺たちはこの巨大な屋敷で二人だけで暮らしてきたのだ。

だが、つい先日、この屋敷の主人たちが数年ぶりにここへと帰ってくることを、俺は祖母から聞き及んでいた。

何故、彼らがそんなに長い期間屋敷を空けていたのかというと、それはこの家……レティキュラータス家の息女が重い病気に罹っていたかららしい。

そのため、彼らレティキュラータスの一家は王都の医院に通うために別宅で暮らしていた……みたいなんだが、今年の初めに、娘の病気の完治を確認できたそうで。

ついに、この屋敷に帰ってくる顛末(てんまつ)となったみたいだ。

だからこれから俺は、その屋敷の主人である当主と奥方、息女が家に着いたら、出迎えの挨拶をしなければならない。

なんといっても、その屋敷の主人たちが帰ってくるその日は今日この日、だからだ。

まぁ、そういった理由で、現在俺はこうして自室で身だしなみの最終確認を行っていた、ということなのさ。

「……よし、バッチリ。お婆様(ばあさま)、今参ります！」

ドアノブに手を掛け、自室から外へと出る。

するとそこには、白髪で顎のしゃくれた、魔女のような様相のメイド老婆が腕を組んで突っ立っていた。

老婆は俺の姿を確認すると、腕組みを解いて、ジロジロとこちらを値踏みするように観察してくる。

そして、前、背中と、一頻り俺の衣服に乱れがないか確認し終えると、彼女はふぅっと短く息を吐いた。

「ふむ……まぁ、問題は無さそうだね。お前さんにしては上出来だ」

「あ、ありがとうございます……」

「言葉遣いもそのまま丁寧にするようにね。お前さんは三つ四つのころから粗暴な言葉が出る子だったからねぇ。昨日もそうだったが……今も気を抜くと出てくるだろう？　男のような粗野な口調が」

「あ、あははは……常に丁寧な言葉を喋れるよう、気を付けます……」

というか中身は男だからな。女口調に慣れるほうがおかしいというものなんだが。なんて、そんな悪態を吐こうものなら、目の前のこの老婆は俺に対して容赦なく拳を振るってくることだろう。

勿論、『剣聖』として名を馳せた以前の俺ならば、こんな老い先短い老人のパンチなど目を瞑っていても軽く避けられていたことは間違いない。

だが、悲しきことに……今の俺のこの小さな身体では、生前のような反射神経と素早さを発揮することはできず、思うように回避の行動が取れなくなってしまっているのだ。

非常に情けないことだが、結論を言うと、今の俺は非力なだけのただの少女にすぎない。

剣一本で身を立てていた生前の俺とは全く違う存在……誰かの庇護下にいなければ、生きてはいけないか弱い幼女。

それが、今の俺――アネットという少女の現状といえる。

「ほら、アネット。旦那様が到着される前に早くエントランスホールに行くよ。主人を待たせること程、メイドにとって罪なことはないのだからね」

「りょ、了解致しました、お婆様」

背筋を伸ばしてキビキビと歩く老婆の後ろに続いて、俺も長い廊下に足を踏み出し、一緒に歩いて行く。

今の俺では、無理やり屋敷の外に出て行っても、待っているのは人攫(ひとさら)いに遭うか、魔物に殺されるかのどちらかだけだろう。

だから……かつての力を発揮できるようになるまで、剣をまともに扱える年齢に成長するまでは……この地獄のようなメイド業を、歯を食いしばって耐えていくしかないのだ。

それが、か弱い少女に生まれ変わった今の俺ができる、唯一の生き方だった。

◇　◇　◇　◇　◇

大理石で造られただだっ広い玄関に突っ立ちながら、レティキュラータス夫妻の帰りを待つこと数十分。

馬車の音が聞こえ、外で何やら話し声が聞こえた直後。

見知らぬ使用人らしき衣服の男が大きな玄関の扉を開くと、そこから三人の親子が姿を現した。

最初に室内へ入ってきたのはハットを被った壮年の男だった。

年齢は三十代半ばくらいだろうか。

朗らかな笑みを浮かべた、中肉中背、パッと見、人の良さそうな印象のする青みがかった黒髪の男だ。

そして彼の後に続いて入ってきたのが、ひとつに結んだ紫色の髪を三つ編みにして、肩から流している女性――恐らく、この男の妻と思しき人物。

もの静かそうな雰囲気を纏った二十代後半くらいの若い女性が、男の背後から現れる。

その二人の姿を捉えたマグレットは、俺の隣で深く、そして静かに、頭を下げた。

「おかえりなさいませ、旦那様、奥方様、お嬢様」

その言葉に続き、俺も同様に頭を下げる。

「お、おかえりなさいませ、旦那様、奥方様、お嬢様」

「おぉ、マグレットさん。長い間留守を任せてすまなかったね」

「そうね。ずっと家のことを任せっきりにしてしまってごめんなさいね、マグレットさん」

「いいえ。レティキュラータスに千五百年以上仕えているイークウェスの人間として、この御屋敷を守る責務は当然のことでございます。お気になさらないでください」

「ハハハ、相変わらず真面目だね、マグレットさんは。それよりも……さっきから気になっているのだけれど、その子は……？」

「そうね。その可愛らしい子は、もしかして？」

「はい。私の孫娘の、アネットでございます」

レティキュラータス伯爵とその妻と思しき二人が、同時に俺へと視線を向けてくる。

俺はゴクンと唾を飲み込んだ後、事前に祖母から言われていた礼の作法を行った。

スカートの端を摑み、足を曲げ、頭を下げ、優雅に彼らに向けてカーテシーの礼を取る。

「お初にお目にかかります、旦那様。奥方様。アネット・イークウェスと申します。まだ若輩の身なので不躾なところもあるかと思いますが、誠心誠意精一杯働きますので、何なりとお申し付けください」

「おぉ、そうか！　君がアネットくんか！　マグレットさんから話は聞いていたよ！　いや～礼儀正しくて利発そうな子だなぁ」

「フフフ、そうね。うちの娘と変わらないくらい幼いのに、凄くしっかりしていそうよね。流石はマグレットさんのお孫さん、といったところかしら」

「い、いえ。この子は誰に似たのか内面は蓮っ葉なじゃじゃ馬娘でして……」

「そうなのかい？　全くそんな風には見えないけれど？」

「ええ。うちのロザレナの良い教育係になってくれそう。ほら、ロザレナ、ご挨拶なさい」

奥方らしき人物がそう言うと、彼女の背後から俺と同じような背格好をした影が姿を見せてきた。

青紫色のウェーブがかった長い髪に紅い瞳をした少女がちょこんと、母親の足に隠れるようにして現れる。

だが、彼女はジーッとこちらを見つめるだけで、その場から動こうとしない。

何というか、人見知りする子なのだろうか。

明らかに、俺に対して警戒心を露わにしている様子だった。

俺はそんな彼女に近付き、努めて穏やかな笑みを浮かべながら、口を開く。

「初めまして、お嬢様。私はアネットと申します。これから御屋敷でのお嬢様の身の回りのお世話を、私が担当することに——」

「……あたしが勝ったら、貴方、家来になりなさい」

「……はい？」

「オラァァァァアアアアアアアアアアアアッッッ！！！」

「ぐふぁぁぁぁぁぁぁぁぁぁぁぁぁぁぁっ!?」

何故か、顎をぶん殴られ、空中を舞う、俺。

戸惑うレティキュラータス夫妻、唖然とする祖母の顔。

今まで生きてきて、俺は、自分の師匠以外に誰にも負けたことは無かった。

剣を振れば誰であろうと一刀で叩き伏せられたし、不意討ち闇討ちされようとも即座に回避し、その刃が身に通ったことは一度も無かった。

自分で言うのもなんだが、俺は強すぎたんだ。

実際、己の強さに辟易(へきえき)して、対等に戦える者がいないこの世を嘆いたこともあった。

生物の領域から逸脱した存在、異端者、魔人……と、数多(あまた)の剣士たちが俺のことをそう呼ぶことも少なくなかった。

異常な強さは俺を孤独にした。

娘のように育てていた弟子一人だけが、生前の俺の唯一の家族と呼べる存在だったと言えるだろう。

あぁ、そうだな。彼女は確か以前、俺にこう、言っていたっけ。

『師匠が、いつかその強者の孤独の呪縛から解き放たれる時が来ると良いですね』、と。

リティ……ついに、俺も敗北を知る時が来たみたいだよ……。

何たって、無敗を誇った最強の『剣聖』だった俺が――初めて会った貴族令嬢に簡単に土の味を教えられたんだからな。

「あ、あはははは～星が見える星が～」

ドサッっと、床に身体が横たわる。

白目になり、女の子がしてはいけない表情を浮かべてしまう、俺。

最強の『剣聖』アーノイック・ブルシュトロームの無敗記録は、ここにて終幕を迎えるのであった。

◇◇◇◇◇

「ううう……あれ、ベッドの上……？」

「あっ、起きたのね、アネットちゃん！　具合は大丈夫？　何処か痛かったりしない？」

重い瞼を開け、ぼやけた視界の中、声が聴こえる方向へと視線を向けてみる。

するとそこには、椅子に座ってこちらを心配そうに覗き込むレティキュラータス夫人の姿があった。

俺は眉間を押さえながら、上体を起こし、夫人へと顔を向ける。

すると彼女は俺の身体を気遣うように、優しく背中を摩ってきた。

「起きて大丈夫なの？　まだ眠っていても構わないのよ？」

「大丈夫です。俺……いや私、お嬢様にノックアウトさせられて今まで気絶していたんですね……」

元剣聖ともあろうものが貴族令嬢の、それも幼い少女の拳でダウンしてしまうとは何とも情けない話だ。

それほど、今のこの身体が弱いということなのだろうが……生前は無敗の剣士だっただけに、かなりショックが大きいな。

いや、よくよく考えたら転生してから今まで、祖母のマグレットには散々ぶん殴られてきてはいるから、今更な話ではあるかもしれねぇな、うん……。

まぁ、とにかく。

以前の実力を取り戻すためにも、これからはメイド業の合間を縫って、何とか剣の修練を積んだ方が良さそうだな。

「痛たた……お嬢様、見た目のわりに結構腕力があるんですね」

そう口にし、アッパーを喰らわせられた顎を撫でながら引き攣った笑みを浮かべていると、ふいに夫人の顔が暗くなる。

そして彼女は、突如、こちらに向けて深く頭を下げてきた。

「本当にごめんなさい、アネットちゃん!!　うちの娘が、とんでもないことをっ!!」

「へ？　い、いいえ！　頭をお上げになってください、奥様!!　私は気にしていませんからっ!!」

使用人に対して頭を下げるとは……どうやら彼女は、俺の知っている貴族とは全く違うようだな。

俺が生前に出会った貴族なんて、たとえ自身が間違った行いをしようとも、けっして他人に頭を下げるなんてことをする連中じゃなかったぞ？

領民を家畜みたいな扱いをするような人間が殆どで、自分より格が下の者を対等に扱うなんてことは、俺が知る限り絶対にしなかった。

だから……俺は彼女の行動に思わずポカンと口を開けて、少しばかり面食らってしまっていた。

「アネットちゃん？」

「あ、い、いいえ、何でもありません」

こちらの唖然とする様子に不思議そうに顔を上げると、夫人は申し訳なさそうに笑みを浮かべる。

そして、静かに口を開いた。

「こんなことを言える立場じゃないかもしれないけれど……あの子のこと、嫌いにならないであげてね」

「このくらいのことで嫌いになんてなりませんよ。大丈夫です」

「優しいのね、アネットちゃんは」

そう言って一呼吸挟むと、夫人は窓の外に浮かぶ夕陽を眺め、神妙そうな表情を浮かべた。

「あの子……ロザレナはね、今までずっと王立医院の病室で暮らしていたの」

「はい。存じ上げております。重い病気、だったんですよね？」

「うん……だから、あの子は同年代の子と接したことがないのよ。いつも、ベッドの上で本を読むか窓の外を眺めるかの毎日だったの」

「そう、だったんですか……」

「だからかしらね。同年代の子……いいえ、ロザレナは他人との接し方が分からないのだと思うわ。だから、あんなひどいことをアネットちゃんにしてしまったのだと思うの」

他人との接し方が分からない、か。

俺も生前……スラム街で過ごしていた幼少の時は、他人が全て敵だと思えたものだ。

だから当時の俺は誰彼構わず襲い掛かり、鬼子と呼ばれ、他人を傷つけ、奪うことに何の躊躇(ちゅうちょ)も無かった。

攻撃することが他者との関わり方なのだと、当時の自分は本気でそう思っていたから。

あの時の俺とは境遇こそ全く違えど、もしかしたら、彼女と俺は似たような立場にいるのかもしれないな。

「奥様、お嬢様は本がお好きなのですよね？　差し支えなければ、どのような書物をお読みになっていたのかお聞きしてもよろしいでしょうか？」

「確か、伝記ものとか、歴史の本が好きだったと記憶しているわ。でも、どうしてそんなことを聞くのかしら？」

「不肖このアネット、お嬢様のお友達になれればと思いまして。共通の趣味でもあれば、話も弾むかと」

「まぁ!!　アネットちゃん、ありがとう!!」

そう言って、俺の両手を握ってブンブンと振ってくるレティキュラータス夫人。

最初、その外見から大人しそうな印象を受けていたが、どうやら結構明るい人っぽいな、この人。

そうして一頻り俺の手を振ると、彼女はニコリと柔和な笑みを浮かべ、会話を再開しだした。

「ロザレナはね、過去の英雄の活躍を描いた、冒険譚や伝記が好きみたいなの」

「なるほど。そういった類の本であれば、私も知見があります」

「本当？　良かったわ」

「過去の武人の戦法を研究するため、あらゆる文献を読み漁ったものです。剣だけでなく、槍、斧、弓……何でもお任せを」

「戦法……？　槍、斧、弓……？」

「あ、いえ、何でもありません。お気になさらずに」

コホンと咳払いをする。

すると夫人は口元に手を当て、可笑しそうに小さく笑い声を溢した。

「面白い子ね、アネットちゃんは。良かったわ、ロザレナが最初に出会う同年代の子が貴方で。きっと、仲良くなれそうだもの」

「そ、そうでしょうか？」

「ええ。あの子、困った事に伝記にハマった結果、英雄に憧れ始めてしまったの。だから、武器が好きなアネットちゃんとは仲良くなれると思うわ」

　何故か武器好きにされてしまっている、俺なのであった……。

　いや、そんなどうでもいいことは一先ず置いておくとして。

「英雄、ですか？　それって、歴史に名を残す高名な武人たちのことでしょうか？」

「うん、そうよ。特にあの子は『剣聖』様の伝記を熱心に読んでいてね。自分もいつか『剣聖』になって、お家を復興させるんだー、って、よく口にするようになってしまったの。最近は大きくなったら騎士の学校に通わせろって、しつこいんだから」

「あ、あははは……『剣聖』に憧れて、ですか。それってレティキュラータス家から出た過去の『剣聖』様のことなのでしょうか？」

「ううん。それがね、可笑しいの。ご先祖様じゃなくて、歴代最強と謳われる【覇王剣】、先代『剣聖』のアーノイック様に強い憧れを持つようになっちゃったのよ、あの子」

「へ？　ア、アーノイック・ブルシュトロームに、ですか……？」

「そう。お家復興って言っているのに、自分のご先祖様じゃなくて、三十年程前に亡くなられた先代のアーノイック様に憧れるなんて……中々ミーハーよね？　あの子も」

　え？　何、あの子、俺に憧れてくれていたの？

　でも君、もう既に俺を越えてしまっているよ？　さっきワンパンで俺をノシちゃってたよ？

「そ、そうですか、アーノイック・ブルシュトロームを、ね……。はははは……」

何の因果かは分からないが……まさか、転生した先で出会った貴族令嬢が俺に憧憬の念を持ってくれていたとは、な。

こんなところで生前の自分の名前を聞くことになろうとは、全くもって思いもしなかった。

◇　◇　◇　◇　◇

《ロザレナ視点》

「もう、お父様ったら……ちょっと殴ったくらいで、あんなに怒らなくても良いのに。本当、面倒くさいわね」

そう口にして、あたしはベッドの上で大きくため息を吐く。

そしてその後、ベッドの横にある小さなテーブルから、一冊の本を手に取った。

この本は、最強の『剣聖』【覇王剣】アーノイック・ブルシュトロームの生涯を記した伝記だ。

彼は天涯孤独の身であり、スラム出身の下層階級の身分でありながらも、剣の腕一本のみで成り上がった異端の剣士だった。

十四歳の時に自身の師との一騎打ちに勝利し、王国最強の剣の称号、『剣聖』の名前を若くして受け継ぐ。

その後、『剣聖』として王国を守るために奔走する、が……どうやら彼は性格に難のある人物だったようで。

『剣聖』になってからというもの、自己中心的かつ傍若無人な性格が目立ち、度々問題を起こしていたそうだ。

例えば、賭け事でよく大負けしては何度も破産しかけたりだとか、気に食わない民間人がいたら拳で殴り付けたりだとか。

とにかく、ハチャメチャな人物だったということが、この伝記には詳細に書かれていた。

……しかし、それでも、剣の腕は本物だったみたいだ。

『――かの剣聖が剣を振れば山は崩れ、海は割れ、大地には巨大な大穴が穿たれる』。

『かの剣聖が剣を振った後に残るのは、世界が斬り裂かれた光景のみだった』。

その圧倒的な力は、多くの人々に畏敬の念を抱かせたらしい。

中には、彼に恐怖し、怪物と呼んで迫害する者も少なくなかったとも書かれている。

けれど、そんな誹謗中傷の嵐の中でも、アーノイックは心折れずに剣を振り続けた。

病気で亡くなる寸前まで王国を守り続け、人々の罵声に屈せず、『剣聖』としての責務を全うした孤高の男。

誰に何と言われようとも信念を貫き通し続けるその在り様は、病気がちで入院生活を送っていたあたしにとっては、とても輝いて見えていた。

「……そうよ。あたしもいつか彼のように強くなって、お父様とお母様を悪く言う他の貴族どもをギャフンと言わせてやるんだから」

あたしが今までずっと入院していた王立医院の出資者をしていたのは、レティキュラータス家をあまりよく思っていない、四大騎士公のフランシア家の当主だった。

彼は、あたしの病室に足を運んでは……お見舞いに来ていた父によく嫌味を吐いていたのを、今でもよく覚えている。

レティキュラータス家は過去の栄光に縋るだけの劣悪な一族だの、王政から爪弾きにされた四大騎士公の恥さらしが王都を我が物顔で歩くな、だの。

あの男は底意地が悪く、父と母がお見舞いに訪れる時を狙って医院に現れては、二人にそんな言葉をぶつけてきた。

普通だったら、自分の家名が傷付けられたら、文句のひとつでも言うのだろうが……フランシア家は王立医院に多額の出資をしているため、お父様は何も言うことが出来ず。お父様はあの男の罵倒を、悔しそうな様子で、ただただ黙って聞いていることしかできなかった。

——その姿を見た時、あたしは決意したんだ。

将来あたしは、アーノイック・ブルシュトロームのように、傍若無人で自由奔放な生き方をしてみせるって。

　剣の実力のみで、ムカつく奴らを黙らせてやるって。

「そう。だからあたしは、いつか彼みたいな剣士に……最強の『剣聖』になってやるって、決めたのよ」

　何度も何度も読み返してきて、ボロボロになった彼の伝記を胸に抱きしめる。

　今まで狭い病室で過ごしてきたあたしにとって、この本は大切な宝物だった。

　病気で苦しい時も、この本は常に傍らにあった。

　だから、この本を胸に抱いているだけで、不思議と、とても心が落ち着いた。

「お嬢様、お茶をお持ち致しました。お部屋に入ってもよろしいでしょうか？」

　お茶の入ったティーポットとティーカップを乗せた丸いトレーを片手で持ちながら、もう片方の手でコンコンとドアをノックする。

　すると、部屋の中から一言、「入って」と声が聞こえてきた。

俺は静かにドアノブを回し、部屋の中へと足を踏み入れる。

豪奢(ごうしゃ)な造りの部屋の中に入ると、ロザレナは天蓋付きのベッドの上で何やら本を読んでいる様子だった。

あれは、先程夫人から聞いた『剣聖』の伝記、だろうか。

分厚いその本を小さな手で何とか支えながら、彼女は一生懸命に書物に目を通している。

俺はそんな彼女に対して、そっと声を掛けてみた。

「ロザレナお嬢様、お茶をお持ち致しました」

「そう。そこのテーブルにでも置いておいて」

「畏(かしこ)まりました」

俺は手近にあったテーブルにトレーを乗せると、ティーポットを手に取り、ゆっくりとカップへ紅茶を注ぎ入れる。

そして無事に入れ終えると、湯気が立つティーカップをそっと、ベッド脇にある小さなテーブルへと置いておいた。

すると、口と鼻を本で隠したロザレナが、本の上からチラリと視線をこちらに向けて、俺へと声を掛けてきた。

「ねぇ」

「はい？　何でしょうか？」

「……あんたはあたしに負けたんだから、これから家来になって貰(もら)うけれど……良いわよね？」

「家来、ですか？」

「そう。あんたはこれから、あたしの言うこと何でも聞くの。そして、あたしが『剣聖』になるための協力を惜しまずするのよ。分かった？」

「『剣聖』、ですか。ひとつ質問させていただきますが、お嬢様は何故（なぜ）、『剣聖』になりたいのでしょうか？」

「決まっているじゃない！　この家、レティキュラータス家を復興させるのよ！　あたしが、お父様とお母様をバカにする奴らをギャフンと言わせるの！　この手でね！」

そう叫び、毛布の上に無造作に本を置き、興奮した様子を見せるロザレナ。

その目には、強い怒りの色がはっきりと見て取れた。

（バカにする奴らを、か）

確か、レティキュラータス家は四大騎士公の家の中では格落ちとされており、王家から決まった役職を任命されていない唯一の四大騎士公だったと、聞いたことがある。

元々レティキュラータス家は『剣聖』の開祖とされており、遥（はる）か昔に幾人もの『剣聖』を輩出していたようだ。

その功績から、王家から騎士公位に上げられ、爵位を取るに至ったらしい。

だが……今となってそれは過去の偉業にすぎない。

他家の貴族からすれば、レティキュラータスという名は、過去の栄光に縋るただの小領貴族でしかないのだ。

それが未だ四大騎士公の名を冠しているのは、他の貴族からすれば当然、面白い話ではないことは容易に推測できる。

そんな立場に在る現レティキュラータス家の彼女と彼女の両親が、今まで他の貴族たちからどういう扱いを受けてきたのかは……まぁ、想像することは難しくないな。

「なるほど。お嬢様は、お家の権威を取り戻すために剣士の頂点である『剣聖』を志す、と。そういうことですか」

「そうよ。あたしは絶対にレティキュラータス家の威信を取り戻さなければならないの。ロザレナ・ウェス・レティキュラータスの名に懸けて、ね!!」

「そうですか。なら……お嬢様は今、ベッドで本を読んでいる場合ではありませんね」

「え……?」

俺のその言葉に困惑の声を溢しながら、驚いた表情をしてこちらを見つめてくるロザレナ。

少々、心苦しいが……これだけは、言っておかないとな。

これも、彼女のためだ。

「良いですか、お嬢様。『剣聖』は自分の人生を剣だけに捧げた者が到達する領域です。今の『剣聖』リトリシア・ブルシュトロームは、お嬢様と近い歳の頃には既に生物界で最強とされる種族、龍を殺しています。そして、彼女は今も尚、研鑽を続けていることでしょう。その領域に立つには、生半可な覚悟では不可能です」

「そ、そんなこと言ったって、あたしはまだ、病気が治ったばかりだし……。体力も回復していないし……」

「存じ上げております。ですが、もし本気で『剣聖』を目指すつもりならば……病状を言い訳にすることはできないのです。どんなに過酷な状況だろうと、剣を振り続けなければならないのです」

俺は死ぬ寸前まで――不治の病に蝕まれながらも、身体中に走る痛みに気絶しかけながらも、剣を振り続けた。

きっと、『剣聖』を目指している数多の剣士たちは、俺と同じ状況になったその時、同様のことを行うのだと思う。

どんな状況であれ、関係ない。

ただ無我夢中に、強さだけを追い求め続けて、剣を振り続ける。

それが、剣に人生を捧げた者たちの生き方だ。

「でも、でも……」

「お嬢様、何も今すぐ鍛錬をした方が良いと、私はそう言っている訳ではありません。ただ単純に時間が足りない、ということを私は言いたいのです。剣を多く振っている者と、本を読んでいる者。どちらがより『剣聖』に近いかは……お分かりですよね？」

「う、ううううう～～～っ！！！」

顔を真っ赤にさせると、ロザレナは俺に目掛けスタンドライトを投げ、叫び声を上げた。

「あ、あんたみたいな家来、いらないわ!! 出てってよ!! この毒舌メイドっ!!」

そう言って俺は背中に色々なものを投げつけられながら、半ば無理やり、部屋から追い出されたのだった。

「あぁ～、ちょい言い過ぎちまったかなぁ。でも、あのままの状態で『剣聖』目指すようなら、あの子、絶対に死ぬだろうからな～。これくらいキツく言っといて諦めさせた方が彼女のためだよな……うん」

祖母と共に夕飯の支度(したく)をしながら、俺はそう、独り言を呟(つぶや)く。

すると、隣で鍋を見ていたマグレットが俺に鋭い視線を向けてきた。

「言葉遣い!! それと、野菜を切る手が止まっているよ!!」

「あ、はいっ! すいません!」

根菜を細かくナイフでカットしながら、俺は祖母に怒鳴られないように、黙々と作業を続けていく。

今日の夕食は家主が帰ってきたこともあり、かなり豪勢な代物のようだ。

俺は生前から料理はからっきしだったんだが、この数年、マグレットにしごかれたおかげか簡単なメニューであれば作れるようになっていた。

この技術が生前の俺にあれば、弟子のリトリシアに『師匠の料理は基本、肉を焼いただけのものなのですね』なんて言わせなかったんだけどな。

今思えば娘のように育てていたあの子に碌なものを食べさせられなかったのは、少しばかり後悔があるな。

「料理中に申し訳ない、マグレットさん、アネットくん。ちょっと、良いかな？」

「旦那様？　如何なされたのですか？」

厨房に入ってきたレティキュラータス伯爵に、俺とマグレットは手を止め、料理を中断する。

そして何事かと、神妙な顔で入り口に立つ伯爵へと、近寄って行った。

「いや、急にすまないね。実は、ロザレナのことなのだけれど……」

「お嬢様のこと、ですか？」

「うん。実はあの子、部屋の扉に鍵を掛けて引きこもったきり、出てこなくなっちゃってね」

「まぁ……何かあったのでございましょうか？」

「うーん、どうだろう。気難しい子だからね。さっき、僕がアネットくんに手をあげたことをこっ酷く怒ったから、もしかしたら拗ねているのかなぁ」

いや……多分、というか絶対、俺のせいだろうな。

伯爵が彼女を叱ったのは、俺が意識を失って眠っている時の出来事だろう。

お茶を届けに行った時の彼女はどう見ても、平常な様子だった。

そのことから鑑みて、やはり、うーむ……いや、これは間違いなく……やってしまったかな、俺。

「す、すいません、旦那様！　お嬢様の機嫌を損ねてしまったのは、恐らく、私のせいだと思います！」

「え？　どうしてアネットくんが？」

「その……お嬢様が『剣聖』を目指すことを、少し厳しい言い方で止めてしまったのです。ですから、この責は私のものかと……申し訳ございません!!」

「アネット!!　お前って奴はっ!!」

「いや、構わないよ、マグレットさん。むしろ、僕は嬉しいよ。雇い主の娘に対して、臆せずに意見を言ってくれたことがね。僕も、ロザレナには危ないことはしてほしくないから……アネットくんの行動には大賛成かな」

「ですが、旦那様、お嬢様が……」

「あれは今まで同年代の子と喧嘩もしたことがないだろうからね。これも良い機会だよ。

夕食は……フフッ、あの調子じゃ食堂には降りてこないだろうなぁ。しょうがない。ロザレナが後でこっそり部屋に持っていけるように、時間を置いても美味しく食べれるものを作っておいてくれるかな、二人とも」

「畏まりました。ご用意しておきます」

そうして、伯爵が立ち去った後、マグレットにお小言を貰いながらも料理を作り続け……俺は無事に夕食の作業を完遂するに至ったのだった。

ロザレナは案の定、食事の席には姿を見せなかったが、レティキュラータス夫妻は俺たちが作った料理を美味しそうに食べてくれていた。

この優しい雰囲気を持った二人と、傍若無人だけど何処か憎めないご令嬢が、これからの俺の主人となる。

最初はもっと偉そうな貴族が雇い主になるのかと思って身構えていたが、そんな心配は杞憂だったようだな。

この人たちとなら、きっと上手くやっていける。

そう確信を得た、次の日の朝。

ロザレナが——屋敷から失踪したのだった。

王都の中央に聳え立つ冒険者ギルド、『栄華の双剣』。

ゲラゲラと、酒を呷る男たちの喧騒が鳴り響くそこに、扉を開け、一人の少女が姿を現した。

彼女の様相は、豪奢なドレスを着こんだ、何処かの貴族令嬢のような風貌をしていた。

そんな少女の姿に男たちは会話を止め、思わず彼女に対して奇異な視線を向けてしまう。

だが、少女はそんな視線など物ともせず。

彼女は堂々とした態度でギルドの中を闊歩していくと、カウンターの前に立ち、腰に手を当て、書類整理をしている受付嬢に向けて大きく口を開いた。

「ちょっと良いかしら。あたし、冒険者になりたいのだけれど」

「あ、はい、冒険者志望の方ですね〜。でしたら、こちらの書類にサインを……って、アレ？」

声を掛けてきた人物が何処にも見当たらず、受付嬢は思わず辺りを見回してしまう。

「ちょっと、ここよ！　ここ！」

「へ？」

驚きつつも、眼鏡を掛けた受付嬢は声のする下方へと視線を向けた。

するとそこには、カウンターよりも背が小さい幼い少女が、背伸びをしながら立っている姿があった。

「え、えっと、き、君、冒険者になりたいの？」

「そうよ。何度も同じことを言わせないでくれるかしら」

「うーんと、ね。当ギルドでは、十五歳未満の未成年が冒険者になることは禁じているんだ。だから、また大きくなってから来てくれるかな」

「十五歳から、ですって!?　だ、だったらあたしは何処で剣の修行をすれば良いのよ!!　あたしは今すぐにでも『剣聖』になりたいのよ!!」

少女のその発言に対して、テーブル席に座っていた冒険者たちは一斉にゲラゲラと下品な笑い声を上げ始める。

「お、おいおい、嬢ちゃん!!　今、『剣聖』になりたいって、そう言ったのか!?　わ、笑わせんじゃねえよッ!!」

「それがどんなに叶いっこのない夢なのか、最近の子供だって殆どがちゃんと理解していることだぞ!?　嬢ちゃん正気かーッ!?」

「というかお前さん、その身なりからして貴族のガキだろ？　こんなところで怖いおじさんたちに泣かされる前に、さっさと帰ってお茶会していた方が身のためだぜ」

ガッハハハとフロア全体に広がる嘲笑の声に対して、少女はスカートをギュッと握ると、眼の端に涙を溜めながら叫び声を上げる。

「うるさいうるさいうるさいっ!!　あたしは絶対に諦めないんだから!!　あんたたちみた

いな昼間から安酒飲んでる底辺冒険者が、あたしの夢をバカにするなんて許さないわよ!!」

「あ？　底辺冒険者、だと？」

「そうよ!!　あたしはあんたたちとは違う!!　あたしの名前はロザレナ・ウェス・レティキュラータス!!　初代『剣聖』の末裔にして、いずれ剣の頂に立つ女の名前よ!!　覚えておきなさい!!」

その瞬間、先程の倍以上の嘲笑の声が、ギルド内に巻き起こった。

「レ、レティキュラータスって、あの没落寸前の貴族のか？　わ、笑わせんじゃねぇよ、ぷくくっ」

「無能すぎて王政からも爪弾きにされた伯爵家だよな？　確か、領民の税だけで暮らしている放蕩貴族だって噂だぜ？」

「四大騎士公の名を冠しているのに、金が無さすぎて家中に一人も騎士がいないって、俺は聞いたぞ？」

「ククク。なんだよ、それ、ギャグかよ！　よくもまぁそんな恥ずかしい貴族の名を堂々と名乗れるもんだな、お嬢ちゃん！」

彼らの心無い罵倒の声に、ロザレナはついに堰を切ったように涙を溢し、嗚咽を溢しながら大声で泣き始めてしまう。

それと時を同じくして、ギルドの入り口に新たな少女が姿を現した。

「あ、いた!!　ロザレナお嬢様ーっ!!」

そのメイド服の少女は美しい顔を歪め、血相を変えてテーブル席の合間を駆け抜けると、俯くロザレナの腕を掴み、安堵の表情を浮かべる。

「よ、良かった、無事に見つけられて……って、お嬢様、どうしてそんなに泣いておられるのですか!?　いったい、如何されたのですか!?」

「うわぁぁぁぁぁぁん、ぶぇぇぇぇぇぇん!!!!」

「ど、何処か痛むのでしょうか!?　怪我に効く薬草や、斬り口の縫合なら知識があります!!　痛むところをお見せください!!」

「違うぅぅぅぅぅ!!　怪我じゃないぃぃぃぃぃ!!」

「?　でしたら、何故……?」

心配げにロザレナの顔を覗き込むアネット。

そんな彼女に、男たちは乾いた笑みを浮かべながら乱暴な言葉を吐き捨てる。

「おら、そこのちっこいメイド、さっさとそのお嬢ちゃんを連れて消えな」

「あと、二度とこのギルドに顔を出さないようにも言っておくんだな。生意気すぎて酒がまずくなる」

「そうだな。もしかしたら何処かに恨みを持つ、レティキュラータス領出身の奴がいるかもしれねぇんだし。誘拐なんてことがあっても知らないぜー?」

ゲラゲラと嗤い声を上げる冒険者たちを無表情のまま静かに見つめると、メイドの少女アネットはロザレナの手を握り、そのまま出口へと向かって歩き出した。

だが、その途中。

丸太のような屈強な冒険者の足が目の前に投げ出され、アネットはそれに躓き、盛大に地面に転んでしまったのであった。

勿論、手を繋いでいたロザレナも、一緒に身体を強く床に打ち付けてしまっていた。

「痛っ！　お、お嬢様、大丈夫でしょうか？」

「うぐ、ひっく、うぅぅぅぅ……」

顔を真っ赤にして立ち上がるロザレナ。

何処も怪我をしていないその様子に、アネットは思わずホッと安堵の息を吐く。

「おっと、すまんなぁ。俺は貴族って連中が大嫌いでよ。まっ、日ごろ領民の税を食らっているご身分なんだ。これくらいのこと、笑って流してくれるよなぁ？」

髭を生やした顔中傷だらけの冒険者はそう口にし、美味そうにジョッキの中の麦酒を呷る。

その様子に苛立ったアネットは思わず、メイドのアネット・イークウェスではなく、『剣聖』のアーノイック・ブルシュトロームとして、口を開いてしまった。

「……てめぇ、ガキ相手に何やってやがる」

「は？」

その、少女とは思えぬドスの利いた声に、一瞬、冒険者たちはその声がメイドの少女から発せられたものであることが分からなくなってしまう。

唖然とする冒険者たちを置いてけぼりにしながら、続けて、アネットは捲し立てるように声を発する。

「なぁ、おい、等級プレートを貰う際に習わなかったのか？　冒険者は人々を魔物から守り、騎士は敵国の兵から人々を守る。王国の安寧のために働くのが、武器を持った者の定めだ、と。……だが、てめぇが今やったことは、何だ？　今てめぇ、ガキ転ばして酒のツマミにしたよな、オイ。まったく、こんなゴミが冒険者になれるだなんて、ハインラインの野郎は何やってんだ？　まだあいつがギルド長やってんだよな？　どうせまだくたばっちゃいねぇだろ、あの熱血親父は。悪いこと言わねぇから奴に教育し直して貰えや、クズ野郎」

「な、何だ、てめぇ……大人相手に舐めた口利いてっと……」

「黙れ、三下が。どうせ落ち目のレティキュラータスの令嬢だから、こんな暴挙に出たんだろ。他の貴族相手じゃ、どうせお前みたいな野郎じゃ、報復が怖くて手も足も出せねぇだろうからなぁ。ククク、だからいつまで経っても最下級のブロンズプレートなんだよ、てめぇは。度胸もねぇクズ野郎が、未来のあるガキに迷惑かけてんじゃねぇ」

「て、んめぇぇぇぇぇぇぇぇぇぇぇぇぇぇぇぇぇっっ！！！」

テーブルに立て掛けてあった剣を取り、鞘から刀身を抜き、男はアネットに向けて斬りかかる。

だが、それよりも早く、アネットは机の上にあった酒瓶を手に取ると……机の角に叩きつけて割り、切っ先が尖ったガラス片へと変貌させた。

そしてその鋭利なガラスの破片を、アネットは男へとまっすぐと差し向け、構える。

「……ッ!?」

男は剣を振り降ろそうとした手を止め、突如、凍り付いたように固まった。

目の前にいるのは割れた瓶を構えただけの、幼いメイドの少女だ。

その姿に脅威を感じる者は、いかに最下級ランクのブロンズプレートの冒険者であろうと、誰一人としていないだろう。

何故ならどう考えても、ガラス片よりも刀身が長い剣を持った者の方が有利だからだ。

そして大人の男であれば、小柄な少女など、いかようにでも押さえ込むことができるだろう。

だから、男がこの少女に脅威を感じることなど通常であればあり得ないこと。

――だが、しかし。

目の前の少女から放たれている、鳥肌が立つ程の悍ましい闘気が、何故か男の手を反射的に止めていたのだった。

(な、なんで、この俺が……こんなクソガキ相手に、ビビらなきゃならねぇんだ……?)

玉のような汗を流し、男はガタガタと震えだす。

彼は、困惑していた。

この闘気を前に、数ミリでも身体を動かせば、即座に首を落とされる――そんな、理解不能な未来が、何故だか予測できてしまっていたから。

本能的に、彼は分かってしまっていたのだ。

この少女は、少女の形をしただけの、異質な化け物だということが。

ついにはカランと床に剣を落とし、怯えた顔で尻もちをついてしまう男。

そんな男にハッと乾いた笑い声を上げると、アネットはガラス片を床に放り投げ、そのままロザレナの手を引っ張り、冒険者ギルドを後にするのであった。

◇　◇　◇　◇　◇

「い、いや～、どうなることかと思った～～」

額の汗を拭い、ふぅっと、俺は大きく息を吐く。

思わず生前の短気さが顔を出してしまい、色々とキレ散らかしてしまったが……あれは本当に、失策だったな。

危うく剣で斬りかかられて、あのまま真っ二つにされるところだったぜ。

この幼女の身体じゃ、大の大人、それも冒険者になんて当然勝てるわけがないのに。

ついつい以前の癖で、自分が強いままだと思って行動してしまいやがる。

本当、駄目だな、俺は。

このまま短気さが表に出るようになったら、それこそ寿命がどんどん縮んでいってしまうこと間違いなしだ。

いや、俺の命だけが危機に陥るのは良いが、無関係の幼子であるロザレナも巻き込んでしまうのは剣士の恥だな。

その点を踏まえても、あの行為は失策だったといえるだろう。

「しかし、気休めにガラス片を構えただけだったんだが……。相手が意味分からずビビッてくれて助かったぜ。九死に一生を得たな。ふぅ……」

「……ねぇ、アネット。手、離して。もう、何処にもいかないから」

「あっ、すいません、お嬢様！」

慌てて手を離すと、ロザレナは袖で涙を拭い、赤くなった目でこちらに視線を向けてくる。

「……どうして、アネットがここにいるの」

「あんな書き置きを見たら、心配して、嫌でも探しに来ちゃいますよ」

「……」

「『王都に剣の修行に出ます。探さないでください』。あの書き置きを見て、馬車を乗り継いで急いで王都にやってきたんです。あっ、お父様とお母様も王都にいらっしゃっていますよ。勿論、マグレットも。みんなで手分けしてお嬢様を探しに来たんです」

「そう……あたし、みんなに迷惑を掛けちゃっていたのね」

　そう言って、沈痛な表情で俯くロザレナ。

　俺は努めて優しい笑みを浮かべながら、しゃがみ込み、彼女の顔を下から覗き込んだ。

「申し訳ありません、お嬢様。私は、お嬢様に失礼な態度を取ってしまいましたね」

「そんなことは……ないわ。本当に、貴方（あなた）の言う通りだと思ったもの。病気でハンデを負っているあたしは、他の人よりも剣を握っている時間を失っている。だから、その遅れを取り戻すためにも、今から剣を握らないといけない。今のあたしは、ただの無謀な夢を語るだけの、何の努力もしていないただのお嬢様にすぎないもの」

「いいえ。そんなことはありませんよ。私は……お嬢様の『剣聖』を目指す心意気を、少々甘く見すぎていました。剣の修行がしたいから、冒険者ギルドへと足を向ける。それも、十歳前後の子供が大勢の屈強な大人たちがいる場所に。フフッ、言うだけなら簡単ですが、ただの夢見がちな人間には、このような行動すらもできることではありませんよ。お嬢様の己を信じて突き進む、その勇気。賞賛に値するものです」

「言っていること、意味分からないわ」

「申し訳ありません」

「でも、ありがとう。アネットが来てくれたおかげで、あたし、完全に挫（くじ）けずに済んだ。

とっても……心強かったわ」

照れたように頬を赤く染めながら、プイッと、顔を横に向けるロザレナ。

娘のように育てていた弟子のリトリシアは、幼少時、全く感情を表に出さない子だったが……ロザレナのようなはっきりと感情を表に出してくれる子は、見ていて微笑ましいものだな。

思わず、頭を撫でたくなってしまう。

「……ねぇ、頭を撫でるのやめてくれるかしら。あたし、貴方の主人よね？　非常に不愉快なのだけれど」

あ、いかんいかん、普通に手が出てしまっていたぜ。

謝罪しながら、慌てて手を引っ込める。

すると、ロザレナはますます顔を赤く染め、怒ったように唇をとんがらせながら、声を発した。

「……さっきの貴方は何だったの？　まるで、別人みたいだったけれど」

「？　別人……？」

「だから、足引っ掛けてきた奴に怒鳴っていた時のこと！　何かもの凄い勢いで怒っていたじゃない！」

「あ、あぁぁ……あ、あれは、たまに出る私の素というか、何と申しますか……」

「ふーん？　まぁ、良いけど。あの時の貴方、とっても素敵だったわ。ねっ、またいつかあのかっこいい口調で喋ってみせてよ」

いや〜、マグレットのババアがいる限り、無理なんじゃないかなぁ。

今よりもっと小さい頃に、素をモロダシにしたまま生活していたら、あのババアには散々ぶん殴られてきたからなぁ。

未だに思い出すとむしゃくしゃするぜ、箒で剣の修行していたときに喰らった、ゲンコツのことはよぉ。

「って、そんな無駄な回想なんてしていては駄目だな。今は、一刻も早くお嬢様を旦那様と奥方様の元にお連れしないと」

「お父様とお母様が今何処にいるのか分かるの？」

「私とマグレットが王都の中心部を捜索しておりましたから、恐らく、旦那様と奥方様は東と西にある商店街通りを捜索されていることかと」

そう言って、俺は大勢の人々が行きかう大通りを外れ、薄暗い小道へと入る。

城門へと続く人通りの多い大通りを歩くよりも、この細道を通る方が、最短で商店街に辿り着くことができるからだ。

くぅ〜、こういう時は生前の知識があって良かったと、つくづくそう思うぜ。

「？　アネット、この道は？　大通りからは行かないの？」

「近道です。こちらの方がより早く、商店街通りに辿り着くことができるんですよ」

「へぇ。意外に王都に詳しいのね。お父様からは、アネットは赤ちゃんの頃からずっとレティキュラータスの屋敷で育ってきたと聞いていたのだけれど……何度かこっちに来る機会があったのかしら？」

「あー、あははは……。はい、そうなんです、何度か、何度かね」

「そう。アネットは何でも知っているのね。少し、羨ま——アネットッ!!」

「え？」

次の瞬間。俺は後頭部を何かで思いっきり殴られ、地面に倒れ込んでしまった。

ぼやけた視界に映るのは、泣き叫びながら俺の顔を覗き込むロザレナの姿。

そして、耳に入ってきたのは、何者かの声だった。

「どうする？　レティキュラータスの娘だけ攫っていくか？」

「いいや……このメイドのガキも一緒に連れて行こう。目撃者も連れてこいと、ボスの命令だ」

全身黒装束の、フードマントを被った怪しげな二人組が、俺とロザレナの口元に薬品の付いたハンカチを嗅がせてくる。

意識を失う間際、男の首元にある蠍の尻尾のタトゥーを確認した俺は、かつて『剣聖』の仕事で仕留めそこなったある人物を脳裏に浮かべながら——夢の中へと、誘われていくのであった。

◇　◇　◇　◇　◇

『――さ、流石(さすが)は噂(うわさ)に聞く剣聖様、ね。このジェネディクトがここまで追い詰められるなんて、思いもしなかったわぁ』

地面に膝を付けて息を荒らげる、入れ墨を首元に入れた長髪の男。

俺はそんな男の姿を挑発的な笑みで見下ろすと、愛刀の背面でポンポンと、自身の肩を軽く叩いた。

『ハッ、カマ野郎が。てめぇこそ、ガキ攫って売りさばくクズみたいな仕事している割には中々腕が立つじゃねぇか。その俊敏さだけは褒めてやっても良いぜ？　元聖騎士団団長、蠍(スコーピオ)の奴隷商団首魁(ニウスしゅかい)、【迅雷剣】さんよぉ』

『あらやだ。まさかあの高名な【覇王剣】に褒められるとは思いもしなかったわぁ。ねぇ、どうかしら。私たち、良いお友達になれるとは思わない？　どうせ王国側についたところで、今の腐った貴族社会に搾取されて使い捨てられるのがオチよ？　こちら側に付かないかしら、世界最強の剣士、アーノイック・ブルシュトロームさん？』

『ほざけ。てめぇは今ここで絶対に殺す。今まで地獄に突き落としてきた数多(あまた)のガキどもに詫びを入れながら、後悔しながら死んでいけ』

『んふっ、交渉決裂ね。残念だわぁ』

俺はジェネディクトに体勢を整えさせる隙も与えずに、足を踏み込み、外套の下に装備している奴のプラチナの鎧ごと両断する勢いで、剣を横薙ぎに振り放った。

大抵の敵であれば、俺のこの一太刀で勝敗は決することだろう。

何故なら、最上位ランクのフレイダイヤ級冒険者であろうとも、聖騎士団の精鋭であろうとも、俺のこの本気の一太刀には今まで誰一人として対応できた者がいなかったからだ。

俺の剣速についてこれた者は、今まで生きてきた中で、自身の師である先代剣聖くらいしか見たことがなかった。

つまり、最上級冒険者だろうと、聖騎士団団長であろうと、剣聖と同等の力――真に頂点に立つ実力を持つ者以外に、俺の剣を止めることはできはしない。

だから、俺は、ほぼ確信していた。

数秒後には、奴の胴体が真っ二つに斬り裂かれるであろうことが。

だが――目の前で起こったその光景は、俺の想像とは些か異なっていた。

雷魔法を得意とする魔法剣士、【迅雷剣】ジェネディクト・バルトシュタイン。

雷属性の魔法石で造られた双剣のシミターから放たれるその剣閃は、俺の剣速を僅かながらに凌駕し、青白い火花を散らしながら、俺の剣をいとも簡単に受け止めきっていた。

『!?　この俺の剣を、防ぎやがるだと!?』

『あまり私を舐めないで欲しいわねぇ!!　最強の剣聖ッ!!』

『だが、甘めぇ――!!』

しかし。

その剣は、ただ速いだけの代物にすぎない。

俺の放った剣の威力までは、殺すことは叶っていなかった。

『ぐはっ!?』

横薙ぎに放った剣の威力を殺しきれなかったジェネディクトは、顔面に大きな斬り傷を作り、後方へと派手に転がっていく。

これで、ほぼ、勝敗は決まったと見て良いだろう。

何故なら先程の攻防が、奴の全身全霊を込めた、最後の守りだということが理解できたからだ。

『終いだな、カマ野郎』

倒れ伏す奴の顔に向けて、刀の切っ先を向ける。

すると、ジェネディクトは顔を上げ瞳孔を開き、半狂乱になって笑い声を上げた。

『あはッ、あはははははははははははははッッッッ!!!!　よ、よくも、この私の美しい顔に傷を付けてくれたわねぇッ!!!!　こんのッッッッ化け物が!!!!　何で魔法で加速している私に、何の魔法も武装もしていない丸腰野郎が、ついてこれてんのよぉぉぉぉぉ!!!!　こんなこと絶対にあり得ない!!!!　あり得ないわぁぁぁぁぁぁ！！！』

『チッ、ギャーギャーとうるせぇ野郎だな、オイ。全部自業自得だろうが。まぁ、いいや。さっさと死ねや、クズ野郎』

奴の首を切断しようと、剣を振り降ろす。

だが——その時。

ジェネディクトは懐からネックレス型の魔道具(マジックアイテム)を取り出すと、大きな声で呪文(スペル)を唱え始めた。

『【転移(テレポート)】!!』

そして、次の瞬間。俺が剣を振り降ろすよりも早く——奴の身体(からだ)は霧散して消えていくのだった。

……俺は今まで必ず、国から殺すように命令された標的は確実に仕留めてきた。

人も、魔物も、どんな者であろうと総じて全て。

だが、俺は……この時、ミスを犯してしまった。

自分よりも速く動けるこの奴隷商人を、油断して、殺し損ねてしまったのだ。

奥義を封印していたからと、そんな言い訳などできるわけがない。

『剣聖』は必ず、王国の人々の安寧を害す存在を消し去らなければならないのが責務だからだ。

俺はこの時、『剣聖』として、最大の失敗をしてしまったのだった。

◇　◇　◇　◇　◇

「――ったく、ボスも人使い荒いぜ。いくら潔癖症だからって、監獄内の廊下までいちいち箒で掃かせなくたって良いだろうに。はぁ、面倒くせぇなぁ」

重い瞼を開くと、鉄格子の向こう側に、箒を持って歩く男の姿が視界に入ってきた。

俺はその光景を瞳で捉えた後、ズキズキと痛む後頭部を押さえながら顔を上げる。

「う、うぅぅぅ……」

「!!　アネット!!　良かった、目が覚めたのね!!」

「ロザレナ、お嬢様……？　ここは、いったい……？」

耳の中に入ってくる、ピチョンピチョンと滴る水の音。

そして、こちらを心の底から心配そうに見つめてくる、視界いっぱいに広がるロザレナの顔。

その状況に困惑しながらも、俺はロザレナの手を借りて、横たわっている上体を何とか起こしてみる。

そしてその後、キョロキョロと顔を動かして周囲を確認してみると、どうやらそこは薄暗い牢獄の中のようだった。

　牢の中には幾人もの幼い子供が捕らえられており、皆、歳は十歳前後くらいの幼い身なりをしている様子が窺える。

　全員、鉄で造られた首輪を嵌めており、その首輪には何故か数字が書かれた札が何枚も括り付けられているのが見て取れた。

「い、いったい、どうなって……痛ッ!!」

　理解し難い状況に混乱していると、突如、ズキッと後頭部に激痛が走る。

　咄嗟に痛む場所を手で触ってみると、どうやら、頭の後ろ側辺りに大きなたんこぶができている様子だった。

　そのたんこぶをペタペタと触ることで、俺はようやく、こうなるに至る前の状況を思い出すことが叶う。

「そう、か」

　俺とロザレナは突如、王都の路地裏で黒いマントの男二人に襲われて——薬品か何かを嗅がされて、今まで眠らされていたんだ。

　クソッ、まさか俺たちの背後を付け狙い、こちらの隙を窺っていた賊がいたなんてな。

　近道のつもりで人気のない路地裏の小道に向かったのが、この状況に陥ってしまった最大の要因といえるだろう。

　冒険者ギルドでの揉め事と言い、今回と言い、自分の失敗でロザレナを危機に陥らせてしまうなんて……元剣聖としては勿論（もちろん）のこと、使用人としてもかなりの大失敗だといえるだろうな。

　この失態がマグレットのババアに知られたら、ゲンコツどころじゃ済まなそうだ。

「ええい、今はそんなことを考えている場合じゃねぇ。思考を切り替えろ。失態を反省するのは後だ。まずは、この窮地を脱する方法を考えなければならねぇ」

　幸運なことに、手足に枷（かせ）は付けられていない。

　当然の如（ごと）く、荷物などは没収されてしまっているが……まぁ、手持ちにあったのはマッチ箱と小銭入れくらいのものだったしな。

　今ここにそれらの荷物があったところで、この牢を抜け出す手段になりはしなかっただろう。

　次に、俺は立ち上がると、鉄格子を直（じか）に触ってその材質を確認してみる。

「見たところこの牢の格子は……普通に鉄製か」

　生前の俺であれば、鉄格子など握力だけで飴細工（あめざいく）のようにグニャグニャに曲げることはできたのだが……不意打ちすらまともに避けることのできない今のか弱い少女の身体じゃ、鉄格子を曲げることなど到底叶わないだろうな。

　現状、この格子を破壊する手段を持ち合わせてはいないと、断言することができるだろう。

「とはいっても、牢を破壊したところで……こいつがある時点で割と詰んでいそうなんだけどな」

そっと、首元にある鉄製の首輪に手で触れてみる。

他の捕まっている連中と同様、現在俺とロザレナの首元には、鉄の首輪が嵌められていた。

恐らくこの首輪には、追跡機能のある魔法石が内部に組み込まれていると見て良さそうだ。

いや……逃げ出したら即座に電撃魔法が発動する仕組みとかも備わっていると見るべきか。

とにかく、あのクズどものやりそうなことだ。

どうせガキ相手にも、容赦なくエゲつないことをしてくるのだろうよ。

「ア、アネット。あたしたち……これからどうなっちゃうの？」

怯(おび)えた顔を見せながら、ロザレナが俺の背中に抱き着いてくる。

俺はそんな震える彼女を正面から抱きしめて、宥(なだ)めるようにして頭を撫(な)でながら……不安にならないように穏やかな口調で声を掛けた。

「お嬢様。大丈夫です。私がついていますよ」

「うう、ひっく、あたし、怖いよぉう、アネット。お父様とお母様のところに早く帰りたいよぉぉ……」

泣きじゃくりながら抱き着いてくるロザレナの背中を、子供をあやすようにポンポンと、優しく撫でる。

すると、その時。

カツカツと革靴の音を鳴らし、何者かが廊下を歩いてくる音が聴こえてきた。

その音に、牢内の子供たちは皆一斉に顔を恐怖で青ざめさせ、ガチガチと歯を鳴らしながら震え始める。

その光景に俺は警戒心を露わにしていると——突如、牢の前に二人の男が現れた。

一人は、俺たちを捕らえた者と同じような様相の……黒いフードマントを被った蠍の入れ墨を首元に入れた男。

もう一人は、腹部にでっぷりと贅肉が付き、ジグザグの髭を真横にピンッと伸ばした、身なりの良い貴族のような出で立ちの男だった。

その貴族のような様相の男は、牢内にいる子供の顔を一人一人見て確認すると、下卑た笑みを浮かべ、鼻息を荒くし始める。

「ダースウェリン卿、今期の入荷はこちらで全部となっております」

「ふひっ、先月は忙しくてここに来ることができなかったからねぇ。どんな新しい子が入荷しているのか、今から楽しみで仕方がないよ！」

「それでは、鍵を開けます。一応、首輪には鎮圧用の魔法石を忍ばせてありますが、調教が済んでいない個体もいますから。十分にご注意を」

「ひひっ、これでも一応、四大騎士公の分家の血を引いているんだ。子供相手に後れを取ることはないさ」

入れ墨の男はその言葉に頷き、牢を開ける。すると太った男は目を血走らせながら——牢内にいる子供たちの顔を端から順番に確認していった。

「ふむふむ、見たところ今期の入荷には異種族はいないようだねぇ。森妖精族や獣人族がいたら即決で入札するところなのだが」

「申し訳ありません。異種族を捕らえるには、国外へ人狩りに遠征しに行かなければならないのですが……何分、過去にあった闇市一掃作戦の影響が未だ続いており、人手が足りていないのですよ。昨今は聖騎士団の監視の目も厳しいですし」

「闇市一掃作戦、か。ふん。あの当時の剣聖は本当に余計なことしかしなかったようだな。まったく、スラム出身の下民が。もし当時にこのワシが当主の座に就いていたのなら、圧力を掛けて『剣聖』の座から引きずり下ろしていたものを……む？」

貴族の男は俺の背中に隠れるようにして座るロザレナの顔を確認すると、突如ニマッと、気色の悪い笑みをその顔に浮かべた。

「なぁ、君、アレはどう見ても貴族のご令嬢じゃないのかね？」

「これはお目が高い。あの娘は昨日の昼間に捕らえたばかりの、新規入荷物、レティキュラータス家のご令嬢でございますよ」

「ほほう、あの四大騎士公の……なるほど、権威が失墜しかけているレティキュラータスの娘ならば、たとえ失踪しても、聖騎士団を牛耳るバルトシュタイン家が捜索に動くことはまずない、と。ひひひっ、考えたものだな」

「ええ。王国の貴族たちからしてみれば、レティキュラータスは先祖の栄光に縋るだけの目障りな一族でしかありませんからね。当然、跡取りであるあの娘が何処ぞの貴族に嫁いで権力回復を試みるのは御免こうむりたいことでしょう。ですから、ごく自然な流れで、聖騎士団もといバルトシュタイン家があの娘の捜索に手を貸すことは絶対にないと、断言することができます。後々のことに関してはご安心を」

その言葉を聞き終えると、貴族の男はロザレナの顔を覗き込むようにして、こちらに近づいて来る。

その状況に益々震えるロザレナ。

俺はそんな彼女を守るようにして庇い、男の前に立ちはだかった。

「チッ、邪魔な小娘だな。レティキュラータスの娘の顔が見えぬではないかっ！」

顔面を平手打ちされ、簡単に地面に倒れ伏してしまう俺。

そんな俺の姿に、ロザレナは掠れた声で悲鳴を上げると、こちらに駆け寄ろうとした。

「アネットッ!!」

「こらこら、待て待て。お前の顔をよく見せるんだ」

「ひっ!?」

「ほほう……美しい紅い瞳だ。吊り目で生意気そうな顔が実にそそられるな。流石は歴史ある貴族の末裔。そこらの小娘とは比べようもない程、顔が整っておる」

顎を乱暴に摑まれたロザレナは、無理やり男の顔へと視線を向けさせられてしまっていた。

俺は痛む身体を何とか立ち上がらせ、男とロザレナの間に割って入り、再び彼女を守るようにして奴の前に立ちはだかる。

すると男は眉間に皺を寄せ、大きく舌打ちをした。

「チッ。また邪魔を！　このクソガキが！　しかし……ふむ。よくよく見ればお前も整った顔立ちをしておるな。今にも襲い掛かってきそうな、私を睨みつける、その敵意のこもった目。気に入ったぞ！　私はな、生意気そうなガキを犯すのが大好きなんだ!!　おい、奴隷商!!　私はこの二人に入札をするぞ!!」

「畏まりました。では、初回入札額はおいくらに？」

「そうだな……最初は一人当たり金貨五百枚程度にしておくとしようかな。一週間後の最終競売の際に、また確認しに来るとしよう。その時に金額が上回っていれば、倍の値段で入札してやる」

「畏まりました。では、こちらの札を商品に取り付けておきましょう」

そう言って、黒装束の男は俺とロザレナの首輪に五百と書かれた札を取り付けていった。

なるほど。ここにいるガキどもの首輪に貨幣の枚数が書かれた札が掛けられていたのは、こういった理由だったわけか。

つまり、俺たちを含め、この場にいる子供は全て競売に掛けられた商品。

この牢自体が、奴隷市場のオークション会場、だったということだ。

「アネット、怖い、怖いよ……！　あたしたち、どうなっちゃうの……？」

牢の鍵を閉め、男たちが去った後。俺は震えるロザレナの身体を優しく抱きしめる。

「大丈夫。大丈夫ですよ。私が必ず、お嬢様をお守り致しますからね」

このままでは俺たち二人とも、あの変態貴族に身売りされてしまうことになるのだろう。

非力な少女である俺たちにこの先待ち受けるのは、正真正銘の地獄。

現状を何も変えられない弱者の俺たちの行き着く先。その先に光は、絶対にない。

（……また、こうなるのか。今度は争いのない平和な生活が送れると思っていたのにな）

弱者は、強者に搾取される運命しかないと、生前、俺の師はそう言っていた。

弱者は、理不尽な現実を前にただただ嘆き、自死という選択を選ぶまで絶望の中もがき苦しむ未来しかないと、生前、俺の兄弟子はそう言っていた。

結局、この世界は何処にいっても、何年経とうとも、何も変わらないということだ。

何処までいっても力無き者には容赦のない、最低最悪のクソみてぇな世界。

だからこそ……俺はそんな世界を変えるために、剣を取ったのだ。

俺の敵は、世界にある。

世界そのものが、上で踏ん反り返っている弱者を虐げる強者どもが、俺の殺すべき敵であると。

そう――生前、亡くなった義理の姉は、俺に教えてくれたっけな。

瞼(まぶた)を閉じる。

暗闇に浮かぶのは、遥(はる)か昔の過去の記憶。

多くの男たちの亡骸(なきがら)の中に佇(たたず)む、少年の姿。

そして、ドス黒い絶望した瞳を見せ、俺に死を懇願する裸の義姉の姿。

多分、この時だったんだろう。

俺が……『剣聖』アーノイック・ブルシュトロームという人間が、誕生した瞬間は。

「ふぅ。気合を入れるしかない、な」

立ち上がる。

もう、か弱い少女だからと、そんな現状に甘えてはいられない。

早急に、以前の勘を取り戻さなくては。

以前の勘と言っても、全盛期の頃の二十代から三十代を過ごしてきた時代の俺のものではない。

今の俺の身体は小柄な少女の肉体だ。

だから、今思い出すのは——そう、あの、スラム街で暴れ回っていた、少年時代の俺の力だ。

鬼子と呼ばれ、誰彼構わずに短剣を振り回し、師に出会うまで、育ての親である義姉を失った悲しみを他者にぶちまけていた……あの時代の幼き日の過去の自分。

「……アネット？」

突如立ち上がった俺を訝（いぶか）しみ、背中に声を掛けてくるロザレナ。

だが今は、そんな彼女に構っている暇はない。

深く息を吸って吐き出す。そして、格子を睨みつけた後。そのまま大きく飛び上がり――俺は、鉄格子に向かって思いっきり蹴りを繰り出した。

「フフッ、それは本当の話なの？　昨日捕らえたばかりのあのレティキュラータスの娘とメイドの娘に、ダースウェリン卿が金貨千枚を出す、と？」

テーブルに座りながら、大量の貨幣を数えていた男――蠍の奴隷商団（スコーピオニウス）の長（おさ）、ジェネディクト・バルトシュタインは、部屋の入り口に立つ部下に対して、機嫌が良さそうにそう口にした。

その言葉に、彼の部下である黒装束の男は静かに頷く。

「ええ。先程競売の契約書にサインし、自領へと戻られていきました」

「そう。あの男は欲しいものは何をしてでも手に入れなきゃ済まない、業突く張りな性格だからねぇ。こちらでサクラを用意して、競り値をもっと吊（つ）り上げさせたら、もっと莫大（ばくだい）

な金を落としてくれそうだわね」

「はい、その通りだと思われます。実際、金額が跳ね上がれば倍は出すと口にしていらっしゃいましたし」

「なら、私のほうで適当な役者を用意して、そいつにサクラをやらせるとするわぁ。フフッ、持つべきものは変態貴族よねぇ。ガキ数匹を渡せば、湯水のように金を流してくれるのだから」

そう言ってジェネディクトは、テーブルの上にある大量の金貨をジャラジャラと袋に入れると、それをドサッと、机の中央へと乱暴に投げ捨てる。

そしてハンカチを取り出し丁寧に指を拭くと、椅子から立ち上がり——口元に手の甲を当てながらホホホと小さな含み笑いを溢(こぼ)した。

「もうすぐ、もうすぐよ。私を捨てたあの忌まわしきバルトシュタイン家に復讐(ふくしゅう)ができる、その時は。フフフフフ、権力、財力、最上級魔道具(エピック・マジックアイテム)、全てを手に入れたこの私に、最早(もはや)敵などいないわぁ。唯一にして最大の敵だった、アーノイック・ブルシュトロームはとっくの昔に死んでいるし、ね。私を阻む者はもうこの世界に誰もいない！」

「……ボス。本当に、四大騎士公バルトシュタイン家に襲撃を掛けるおつもりなのですか？」

「あら、ゲラルトちゃん、もしかして怖気(おじけ)ついちゃったのかしら？」

「い、いえ、けっしてそういったわけではありません。ですが、ただ、不安なのです」

「不安？」

「はい。あの聖騎士団を掌握する一家に、過去の闇市一掃作戦のせいで未だ人員不足である我らが、果たしてまともに剣を交わすことができるのかどうか……。また昔のように仲間を失ってしまったら、私たち闇商人が再起することは、もう……うぐっ!?」

突如、ジェネディクトは部下である男に詰め寄ると、彼の喉元を鷲掴みにし、軽々と頭上へと持ち上げる。

そして瞳を紅く血走らせ、先程の陽気な態度とは一変、顔を憤怒の色に変えた。

「貴方貴方貴方ッ!! 私が何十年ッ!! 今まで憎悪を堪えながら闇社会で準備を整えて来たと思っているのッ!? 私はね!! 私を捨てたあのバルトシュタイン家を根絶やしにしないことには、安心してあの世に逝けないの!! ねぇ、分かってる!? 貴方、そこのところ分かってるぅ!?」

「うぐっ、は、はい、失礼なことを申してしまい……すいま、せん……っ」

その謝罪の言葉を聞き終えると、ジェネディクトは満面の笑みを浮かべ、男の首から手を離した。

そして、しゃがみ込み、喉元を押さえながら床に座り込む部下の顔に目線を合わせると、彼は静かに口を開く。

「私はね、過去に一度、何十年も温めていた計画をアーノイック・ブルシュトロームによって台無しにされているの。だからもう、同じ失敗はしたくないのよ。分かるかしら？」

「げほっ、げほっ……は、はい、今代の『剣聖』にこのアジトの場所がバレる前に、早急に行動に移す必要がある、と、そういうことですよね？」

「そうよ、ゲラルトちゃん。貴方が頭の良い部下で良かったわぁ。後は……貴方のすべきことは、理解したかしら？」

「……はい。私はただボスの勝利を信じて、命令通りに事を運びます」

「んふふっ、理解してくれて嬉（うれ）しいわぁ。でも、安心なさいゲラルトちゃん。貴方が想像するよりも、私ってばずっと強いから」

　そう言って、ジェネディクトは自身のやせ細った両手の指に嵌（は）めてある、十個の指輪を愛（いと）おしそうに眺め出す。

「多分、私、今の王国の中だったら誰よりも強いと思うわよ？　何と言っても、この魔道具（マジックアイテム）ちゃんたちがあれば、ほぼ敵無しだからねぇ。だって、炎熱属性、氷結属性、疾風属性、斬撃属性……その殆（ほとん）どの攻撃の耐性を、今の私は会得しているのですからね。物理攻撃、魔法攻撃の両方は、ほぼほぼ、効かないと言っても良いわぁ」

　そう口にした後、ジェネディクトは立ち上がり、両手を広げ、高らかに笑い声を上げた。

　その姿に、よろめきながら何とか立ち上がった黒装束の男は、ゴクリと唾を飲み込む。

「『剣聖』に最も近い実力があるとされる、【迅雷剣】ジェネディクト・バルトシュタイン……。もしかしたら、ボスなら本当に聖騎士団団長を倒せるのかもしれませんね……」

「ンフッ、当たり前のことを聞かないで頂戴。意味の分からないチート級の性能を持ったアーノイック・ブルシュトロームさえこの世にいなければ、私は誰にも負けるなんてことはないのよ。そう、たとえ今代の『剣聖』であっても、ね。私は――」

「ご、ご歓談中、し、失礼致します‼　ボス‼」

その時、焦燥した様子の奴隷商団の団員が、ノックもせずに団長室の中へと入ってきた。

彼のその不躾な様子に、チッと舌打ちすることでジェネディクトは不快感を露わにする。

「何、どうしたの？　私の部屋にノックもせずに入ってくるなんて。私、騒々しいのは苦手なのよ？」

「あっ、も、申し訳ございませんでした。で、ですが、火急にお知らせしたいことが起こりまして……」

「何かしら。今、金貨の確認に忙しいの。重要なことなら簡潔に言ってくれる？」

「そ、それが……と、捕らえていた奴隷のガキどもがっ‼　牢から逃げ出したんです‼」

◇　◇　◇　◇　◇

――時は、一時間程前に遡る。

「ア、アネット!!　もう、もうやめてっ!!　やめなさいっ!!」

背後で何やらロザレナの泣き叫ぶ声が聴こえてくるが、そんなものは関係ない。

俺はひたすらガンガンと、鉄格子を蹴り続ける。

「チッ……痛ぇな」

数十分間延々と鉄格子にローキックをかましていたせいか、邪魔だと破いたスカートの下から見える俺の脛は、いつの間にか血で真っ赤に染まっていた。

怪我を確認した途端にもうこれ以上はやめろと、ズキズキと強烈な痛みの渦が襲ってくるが……生憎と、今はそんなものに構ってやれる余裕はない。

俺は、何としてでもこの牢を抜け出し、この窮地からロザレナを救わねばならないからだ。

過去、俺の失敗で死なせてしまった亡き義姉の時のような失敗は、二度としてたまるものか。

この幼い少女を変態貴族の慰みものなんかには、絶対にさせはしない。

「オラッ!!　単なる鉄の棒如きが!!　この俺様に盾突こうとは良い度胸してんじゃねぇか、あぁ!?」

「アネット!!　い、いきなりどうしたというの!?　落ち着いて!!」

「そ、そうだよ、そこの子の言う通りだよ!!　そんなことをしても、無駄だよ、君!!」

「あぁ!? 無駄だと!?」

背後から突如聞こえてきたロザレナのものではないその声に、一旦蹴りを止めて振り返ると、そこには今まで一言も声を発して来なかった奴隷の少年少女たちの姿があった。

彼らは俺の様子に若干怯えた気配を見せながらも、唾を飲み込み、意を決した表情をして口を開く。

「君がそんなことをしたって、その牢は壊れないよ!! 意味なく自分を傷付けるのはやめようよ!!」

「そ、そうよ!! 貴方なんかがその鉄の牢を壊せるわけないじゃない!! だ、だって、貴方は私と同じ、ただの女の子なのよ!!」

その言葉に、俺は呆れたようにため息を吐く。

そして再び鉄格子に向き直り、血だらけの足で蹴りを再開させた。

「ど、どうして、また……!!」

「うるせぇんだよクソガキどもがっ!! てめぇらはこのままで良いとでも思ってんのか!! あぁ!?」

「こ、このままで良いなんて、そんなこと思っているわけないだろ!! でも、僕たちはまだ子供で……ここから逃げ出す力なんて、どこにも……」

「んな、子供だとか女だとかくだらねぇ言い訳並べて、現状にもう諦めてしまった奴が、まだ諦めていない俺に指図なんかすんじゃねぇ!! 俺はな、手足の一本や二本が無くなろうが構わねぇんだよ!!　あんなクズみてぇな貴族に性奴隷にされて、飼いならされる一生に比べれば、絶対にな!!」

「……」

「分かったなら黙って見ていろ、小僧ども!!　俺はどんな奴が相手だろうがぶっ壊してやる!!　どんなに敵わないと言われるような相手でも、手足を封じられようとも、その顔面の肉を噛み千切ってやるまで抵抗し続けてやる!!」

「アネット……」

背後にいるロザレナが、俺の名前を静かに呼ぶ。

すると、次の瞬間。俺が蹴っていた箇所の横でロザレナがえいっと、鉄格子に向かって可愛らしい蹴りを放ち始めたのだった。

「……痛った～い!!　もう!!　いずれ『剣聖』になるこのロザレナ様の足を弾くなんて、中々厄介な鉄格子ね!!　ムカつくわ!!」

「ロザレナお嬢様……？」

「アネット。あたしも諦めないわ。だって、あたしは絶対に『剣聖』になる女だもの。こんなくだらないところで止まってはいられない、そうでしょう？」

「……はい。そうですね。その通りです。絶対にここから逃げ出しましょう、お嬢様！」

「うん！……あ、あと、そ、それと、ね。さっきは、その、ありがとう」

「え？」

「だ、だから、あの気持ち悪い人から、必死にあたしを守ろうとしてくれていたでしょう？　あの時の貴方、悔しいけれど、とってもかっこよかったわ。その、アネットが男の子だったら良かったのにな、とか、そう思うくらいには……って、な、何でもないわよっ！　バカッ！」

顔を真っ赤に染めると、そっぽを向きながら、ガンガンと牢を蹴り続けるロザレナ。

そんな彼女の姿が可笑しくなり、俺は思わず笑みを溢してしまっていた。

「……何よ。バカにしてるの？」

俺のその笑みを、ロザレナは横からジト目で見つめてくる。

その愛くるしい様相に、俺は首を振って、前を向く。そして鉄格子に蹴りを放ちながら、穏やかな声色で口を開いた。

「いえ。お嬢様のような可愛らしい御方が私の主人で良かったなと、そう思っただけでございます。あ、けっして、バカにはしておりませんよ？」

「そう……。って、か、かかかか可愛らしいぃっ!?　あた、あたた、あたしがっ!?」

またもやあたふたし始めるロザレナお嬢様。

いやー、からかい甲斐があって面白いなー、このお嬢様。

比べちゃ悪いんだろうけど、生前の我が愛弟子の幼少時とか、本当もう面白味のないクソ生意気なガキだったからなぁ。

『可愛いでちゅねー、リトリシアちゃんはー』とか言ったら、『……キッツ』って返されたの、未だに俺は根に持ってるからな、現剣聖さんよぉ。

「おい貴様ら!!　ガンガンとうるせぇぞ!!　何をやっていやがる!!」

その時、牢の中の騒々しさに気が付いたのか、鉄格子の向こう側の廊下からカツカツと足音を立ててこちらに向かってくる人影が俺の視界に映った。

待ちに待ったその時に、俺は邪悪な笑みを浮かべつつ、床に寝そべり、両腕で足を押さえ、叫び声を上げる。

「痛い!!　足が痛いよぉぉぉぉぉぉ!!　誰か、誰かぁぁぁぁぁぁ!!」

「え？　え？」

俺の突然の豹変ぶりについていけてないのか、ロザレナは意味が分からないといった表情で、泣き叫ぶこちらの様子をただ呆然と見つめていた。

そんな、どこか抜けているロザレナも可愛らしくて今すぐ頭を撫でまわしたくなるが……今は、我慢だ。

今は何よりも、大事な計画を優先しなければならない時。

無事にことが運ぶように、俺は演技を完遂しなければならない。

「なんだ!?　どうしたんだ!?」

首元に蠍の入れ墨を入れた、蠍の奴隷商団の看守らしき男が、発狂している俺の様子に瞠目して驚く。

そして、血だらけになった俺の右足を確認した奴は、持っていた掃除用具の箒(ほうき)を床に放り投げ、慌てた様子で鍵を開けて……牢の中へと入ってきた。

「お、お前、何だその怪我は!? 畜生、太客のダースウェリン卿(きょう)が入札した商品だってのに……キズモノにするのは流石(さすが)にやべぇな。ボスの治癒魔法で回復させるっきゃねぇ!! おーい!! 誰かいるか!? ちょっと手を貸し――」

「おらよ」

「ぐぎゃあああああっ!?!?」

背後を振り返り、廊下側に向かって叫び出した男の股間目掛け、俺は、怪我のしていない方の左足で思いっきり蹴りをお見舞いする。

すると、男は股間を押さえ、悶絶(もんぜつ)しだし、その場に尻を上げる形で前のめりに倒れた。

「ククク、俺様にもその痛みは理解できるぜぇ? さぞ、苦しいことだろうよ」

いかに非力な少女の蹴りといえども、人間の、いや、男の急所に対しては、絶大な効果を発揮するというもの。

幼少時の自分の蹴りのやり方を思い出すために、先程から延々と鉄格子に向かってローキックを放ち続けていた甲斐があったものだぜ。

見事にクリーンヒットしたその蹴りは、どうやら男が膝を突くのには十分な威力を発揮してくれたようだ。

「さて……」

だが、これだけじゃ、まだ甘い。

俺は倒れ伏す男の髪の毛を掴み、持ち上げる。

「な、なっ、なにを……っ」

痛みに苦しみながら、突如幼い少女に頭を掴まれ、困惑気な表情を浮かべる男。

俺はそんな彼に向かって、ニヤリと、挑発的な笑みを浮かべた。

「生前の俺、幼少時の俺ならば、即座にお前の眼球を指で潰すところなのだろうが……それは流石にお嬢様の目に映すには少々酷ってもんだ。顔面を潰す程度で許してやるよ」

「顔面を、潰す……？　はっ、ガキが、んなことできるわけが……ぐはっ!?」

俺は、男の髪の毛を掴み、持ち上げ——そのまま男の顔面を、硬い石畳の床へと叩き落とした。

だが、この少女の身体じゃあまり筋力が無かったせいだろうか。

以前の俺とは違い、一撃では、この男の気を失わせるには至ってはいなかった。

「しゃあねぇ、おら、もう一度」

「ぐふっ、や、やめろ、ガキ、今ならまだ許して——ぐぎゃっ」

「はい、二回目。あー、これでもまだ駄目かー。俺ってばどれだけ力無くなってんだよ……悲しくなるぜ」

「歯が、歯ぎゃ……うぎぃやっ」

「三回目ー。え、まだ気失ってないの？　こりゃメイド業の合間を縫って隠れて修行のし

直ししないとダメだなー」

「ま、待って、く、くだひゃい、ゆ、許ひて……」

「あ？　ガキを地獄に落としてメシ食ってるクズなんかを、俺が許すわけねぇだろ。気絶だけで済ませようっていう俺の寛容さに感謝しやがれ。おらっ」

「ぐふっ……」

「お？　ようやっと眠ったか？」

四回目にしてようやく、俺は男の意識を失わせることに成功したのだった。

ふぅっと息を吐き、額の汗を拭った後。背後を振り返る。

「さっ、お嬢様！　敵の下っ端を倒しました！　こいつが無防備だったおかげで、ほら、牢の扉も開いております！　ですから、今のうちに――」

「アネット……。貴方（あなた）、可愛い顔しておいて、中々エゲつないことするわね……」

「え？」

振り返った先、そこにあったのは……顔を青ざめさせて、俺を見つめるロザレナとガキどもの姿だった。

◇　◇　◇　◇　◇

牢の扉から、外へと出る。

するとロザレナが、男が投げ捨てた箒を拾い上げ、俺の元へと駆け寄って来た。

そんな彼女に対して、俺は思わず首を傾げて困惑の声を溢してしまう。

「お嬢様、何故、その箒を？」

「護身用よ、護身用。一応、武器にはなるでしょう？」

「どうでしょう。相手は剣などの刃物を持っていると思われますから、箒で太刀打ちできるとは思えませんが……」

「うるっさいわねぇ。気休めくらいにはなるでしょう？　そんなことよりも、アネット……貴方、足の方は、その、平気なの？　痛くない？」

両手で箒を握りしめながら、ロザレナが心配げにそう声を掛けてくる。

彼女の目線の先にあるのは、俺の右足の脛。

その赤黒く変色した脛の内部出血痕から、ポタポタと滴り落ちていく大量の血液の姿に、ロザレナは悲痛な様相で顔を歪めていた。

「お嬢様、大丈夫です。まだ歩くことができているのですから、へっちゃらです。このくらいの怪我など、大したことはありません」

「そうは言っても……あたし、心配だわ。だって、こんなにいっぱい血が出ているのよ？　後で何か、こ、こういしょう？　が残ったらと思うと……気が気じゃないわ」

そんな、不安そうに眉を八の字にしているロザレナの片手を、俺はそっと握る。

そして、暗闇が続く廊下をズルズルと足を引きずりながら、俺たちは歩いて行った。

「本当に、お嬢様はお優しい方なのですね。私、ロザレナ様のそういうところがとっても好きですよ」

「なっ……！　あ、あのねぇ!!　あたしは貴方の主人なのよ!?　そんな、す、すすす好きだとか、失礼なこと言わないで頂戴っ!!」

「はい。少々、調子に乗ってしまいました。申し訳ございません」

照れるロザレナの顔にフフッ、と、微笑ましく笑みを浮かべつつも、俺は前方に続く深い暗闇を注意深く警戒しながら、慎重に薄暗い廊下を進んで行く。


看守の男を倒し、牢から脱出してから――感覚的に、四、五分程度は経過しただろうか。

まだ、背後から追手がやってくる気配は感じられない。

だが、そろそろ、蠍の奴隷商団の連中が俺たちが逃げ出したことに気付いても良い頃合いといえるだろう。

ここからは常に周囲を警戒して、慎重に歩みを進めていかなければならない。

(……結構、いや、かなり危機的状況といえるんじゃないか？　こいつは)

こちとら、足を負傷してまともに歩くことすらできない、か弱き少女の身だ。

そんな俺が、ロザレナを庇いながら、後ろから追いかけてくる大の男たちとの戦闘を試みたところで……待ち受けているのは、確実な敗北だけだろう。

それに、この——魔法石が組み込まれていると思われる首輪のこともある。

いつ何時、どういったタイミングで首輪の魔法石が作動するかは、今のところ分かってはいない。

正直言って、今の俺たちはいつ捕まってもおかしくない、めちゃくちゃピンチな状況下にあると言える。

今の俺がこの窮地を脱することができるか否かを、もしこの状況を見ている誰かさんに聞いたとしたら……まず間違いなく、満場一致で即答で不可能、と答えられることだろうな。

足を負傷したメイドの少女が、時限爆弾を抱えたまま脱走を試みる——なんて、誰が見ても八方塞がりの絶望的な状況でしかないのは分かりきっていることだからだ。

だけれど——。

「だけれど……無理でも何でも、今ここは、押し通すしかねぇ。巨人のような筋骨隆々の大男だろうと、どんなに悍ましい姿をした化け物だろうと、幼い頃の奴ならば……少年時代のアーノイック・ブルシュトロームならば、恐れずに敵の喉笛に嚙みついていっただろうよ。そして、必ず勝利をもぎ取ってきた。なら、この俺にも、できねぇ道理はねぇはずだろ」

兄弟子のハインラインが聞いたら、何だその根拠の無い根性論はとバカにされそうな言葉だな。

だけど、俺は、アーノイック・ブルシュトロームは、いつだってそうして生きてきた。

気が遠くなる程の数、剣を振り続けて、気が遠くなる程の数、勝利を重ねてきた。

だったらまた、一から始めれば良い。

この、アネット・イークウェスという少女の身体から、また、一から――。

「……幼い頃？　少年時代の、アーノイック・ブルシュトローム……？」

俺の独り言を耳ざとく聞いていたのか、ロザレナがキョトンと、不思議そうな表情をその顔に浮かべていた。

俺は一度立ち止まると、そんな彼女に対して首を横に振り、再び前を向いて、歩みを再開させる。

「何でもありません、お嬢様。ただの独り言でございます」

「そう、なの……？　でも、今の貴方、どこか……」

「？　どこ、か？」

「ま、待ってよ！　君たち！」

突如、背後から呼び止められた俺は、肩越しに後方へと視線を向けてみる。

するとそこには、一緒に牢に捕まっていた奴隷の子供たち……四人程の少年少女たちが、俺たちを追い駆けてきている姿があった。

「おや？　貴方たちも脱走してきたのですか？」

俺たちの元に辿り着き、ゼェゼェと肩で息をする彼らに、そう言葉を投げる。

すると、彼らの中で一番前を歩いていた――茶髪の少年は、顔を上げ、開口した。

「う、うん……。君の鉄格子を蹴り続けていた姿を見て、僕、このまま何も抵抗せずに奴隷として売られてしまうのは絶対にダメだなって、そう思ったんだ。だ、だからさ、僕も、君たちと一緒についていっても……良いかな？」

「私も！」「オイラも！」「う、うちも！」

「……フフッ。思ったよりも良い根性していますね。良いですよ、一緒にあのクズな大人たちに一泡吹かせてやると致しましょう」

「あ、ありがとう！」

「さて、話は歩きながらにしませんか？　いつ、追手が来るかも分かりませんからね」

「う、うん！　あ、僕の名前はグライス！　よろしくね！　二人とも！」

「私は、アンナ！」

「オイラは、ギーク！」

「う、うちは、ミレーナって言います……よ、よろしくお願いします」

「私の名前はアネットと申します。後ろにおられますのは、私の主人の、ロザレナお嬢様でございます」

「……よろしく」

彼らに挨拶された途端、ロザレナはビクッと肩を震わせ、俺の手をギュッっと握ると、そのまま俯いてしまった。

うーむ、やっぱりお嬢様は人見知りの気があるようだなぁ。

いつかロザレナお嬢様が、俺みたいな中身オッサンの偽物ではなく、ちゃんと同世代の子と仲良くなれる日が来たら良いなと思います。

この子、とっても良い子だから、おじちゃん、報われて幸せになって欲しいです。

「……そういえば、あの牢にはもっと子供たちがいましたよね？　残りの方々はどうしたのでしょうか？」

「残りのみんなは……僕たちみたいに反抗する気力は、もう、残っていないんじゃないかな。扉が開け放たれているのに、彼らは牢から出ようともしなかったよ」

「そうね。あの子たちは私たちよりも長く、あの牢に閉じ込められていたみたいなの。だから……心の傷が、私たちよりも大分深いんじゃないかしら」

「そうですか……まぁ、あの様子を見れば、確かに」

こいつら四人――鉄格子を蹴り上げていた時に俺に話し掛けてきたこのガキどもはまだ活力のある様子をしていた。

だが、牢の隅でずっと座り込んで俯いていた他の連中は、俺が看守の顔面を破壊しようとも、牢から逃げ出そうとも、どんな行動をしてもただ俯き、反応する素振りを一切見せようとはしなかった。

その様子から察するに、あのガキどもはもう既に……蠍の奴隷商団によって、抵抗する意志を根こそぎ奪われてしまっていると見てまず間違いないのだろう。

果たして、どんな拷問をされて、あのガキどもが希望を失ってしまったのかは分からないが……背景を推察するだけで同情してしまいそうになる、悲惨な連中なのは間違いがなさそうだ。

「……み、道、暗い。こ、怖い」

そう、残った連中に俺が同情をしていると、隣を歩いている水色のおさげ髪の気弱そうなガキ──ミレーナと名乗った少女が、おずおずとそう独り言を呟いた。

俺は彼女のその言葉に頷くことで肯定の意を示し、まっすぐと続く道の先を注意深く警戒していく。

「そうですね。確かに私も暗闇は怖いです。夜目が利くレンジャー職の冒険者ならば、こういった暗闇に身を隠すのは大の得意分野でしょうからね。今みたいな状況下だったら、ここは彼らレンジャーの独壇場です。どんな強者といえども、ファーストアタックは躱せないと窺えます」

「レ、レンジャー？　ファ、ファーストアタック……？」

「ですが……ただの闇商人であるあの連中に、そんな高等なスキルを持っている奴はまずいないと見て良いでしょう。ですから……まぁ、安心して良いと思いますよ。急な襲撃はほぼ確実にないと、断言できます」

ニコリと、少女に向けて微笑みかける。

すると何故か彼女は「ひぅっ！」とか細い悲鳴の声を上げ、近くを歩くアンナと名乗った赤髪の少女の背中にピタリと隠れたのだった。

「ええっと……？」

何で、こいつ、そんなに俺を怖がって……って、あぁ。

俺が看守をボコボコにしたこと、まだ怖がってんのか、この幼子は。

てか、よくよく考えてみれば、そりゃ、当然っちゃ当然のことか。

何たって、こいつらまだ十やそこらのガキだろうからな。

あの、俺が何度も看守の顔面を石畳に叩きつける光景は……当然、子供にとってはかなりショッキングな光景に映ってしまっていたことは間違いないだろう。

それ故に、この人一倍気弱そうな様子の少女が俺を怖がるのも無理はないというわけか。

「あ、ごめんね、アネットちゃん。この子、かなり臆病でさ。悪気はないと思うの。許してあげてね」

と、保護者のような顔をしてアンナがそう呟く。

そんな彼女に負けじと、俺も背後にいるロザレナの頭をナデナデと撫でながら、保護者面をしてみた。

「いえ、別に構いませんよ。私の後ろにいらっしゃるお嬢様も、貴方がたに対して似たような態度を取ってしまっていますし。これでお相子……って、痛たたたた!!　手を抓るのはおやめください!!　お嬢様っ!!」

俺の発言が気に入らなかったのか、背後にいるロザレナが、俺の手の甲の皮をぎゅっと抓ってくる。

まったく、今はいつ奴隷商に追いかけられるかも分からない危険な状況だというのに……このお嬢様は能天気だなぁ。将来大物になりそう。

まぁ、そこが我が主人の可愛らしいところでもあるのだけれどな？　ガッハッハッ!!

「君は……アネットさんは、女の子なのに凄く堂々として、落ち着いているよね。大人の人を倒せる程強いし。僕も、君のその勇敢な立ち振る舞いを……ぜひ、見習いたいよ」

「……女の子なのに？　なのにって、なんですか？」

そう言葉を放つと、少し前を歩いていた茶髪の少年は、慌てた様子でこちらを振り返った。

「ご、ごめんね。気を悪くさせてしまったのなら、謝るよ」

「貴方、確か……グライスさんって言いましたか？」

「う、うん」

俺の歩幅に合わせると、少年——グライスはこちらに目線を合わせ、静かに頷く。

俺はそんな彼に対して呆れたように小さく息を吐くと、前を向き、静かに口を開いた。

「人の在り様に男も女も関係ありません。勇敢なのが、強いのが、それが男性だけって誰が決めたのですか？」

「それは……そうだね。ごめん。僕は女の子だからって、そう、君を決めつけてしまっていたね」

「人間、諦めずに歯を食いしばればどんな人間にだってなれます。私はそう、信じています」

そう言うと、グライスは目を大きく見開き、唖然としたように俺の横顔を見つめ始めた。

そしてその後。前へと顔を向けると、彼は清々しく、憑き物が落ちたかのようなさっぱりとした笑みを浮かべる。

「そうだね。うん、その通りだ。僕も君みたいに勇敢な人になれるよう、諦めずに頑張ってみるよ。ありがとう、アネットさん」

「はい」

この、グライスという名前の少年……身なりこそは庶民の服装をしているが、言葉遣いと言い、立ち振る舞いと言い、所々、何処か高貴な身分の気配を隠しきれていないな。

恐らくは、何処かの貴族の嫡子なのだと推察するが……まぁ、他人の事情にとやかく突っ込んでいるヒマはねぇな。

今は、一刻も早く、この地下牢獄から逃げ出さなければ――。

「――おやおや、まぁまぁ、こんなに鼠ちゃんたちが逃げ出しているなんて……これはお仕置きしないといけないわねぇ」

前方の闇の中から――真っ黒な外套(がいとう)を身にまとった、一人の男が姿を現す。

自身の腰にまで届きそうな長い髪をユラユラと靡(なび)かせながら、丸い黒サングラスを掛けたその男は闇の中からこちらを確認すると、ニヤリと、不気味な笑みを浮かべた。

「お前、は――」

その顔に、見覚えがあった。

唇の端から鼻、そして額にかけて斜めに刻まれている、凄惨な傷跡。

森妖精族(エルフ)の血が幾分か入っているのか、少しばかり先端が尖(とが)った耳の先。

二メートルはありそうな、巨大な背丈。

骸骨(がいこつ)のようにやせ細った手足。

あの不気味な様相は、間違いがない。

生前、『剣聖』であった俺が、仕留めそこなった人物。

蠍の奴隷商団(スコーピオニウス)首魁(しゅかい)、元聖騎士団団長、【迅雷剣】ジェネディクト・バルトシュタイン。

俺のかつての仇敵(きゅうてき)の姿が、そこにあった。

「……まさか、親玉が自ら出てくるとはな。これは全くもって想像できていなかったぜ」

ニヤニヤと不気味な笑みを浮かべながら、こちらにゆっくりと近づいて来るジェネディクト。

俺たちは、その男の異様な気配に気圧されながら、数歩後退する。

だが……背後からも、蠍の奴隷商団の団員が一人、闇の中から姿を現したのだった。

こうして俺たちはいつの間にか、前方も背後も、完全に退路を断たれてしまったといえる状況に追い込まれてしまう。

まさに、八方塞がりといった状況だ。

俺は、ロザレナを庇うようにして前へと出て、ジェネディクトのニヤけ面に鋭い眼光を向ける。

するとジェネディクトは口元に手の甲を当て、ホホホと可笑しそうに嘲笑の声を上げてきた。

「随分と威勢の良い小娘ねぇ。この私を前にして、敵意剝きだしにして睨みつけてくるなんて……。他のお仲間さんはみんなガキらしく怯えて震えているというのに、変わってい るわねぇ、貴女」

「……闇市一掃作戦以降、些事は全て部下に任せっきりで、めったに表に出ようとしてこなかった貴方が、まさか、今では逃げ出した子供たちを捕まえるために自らお出ましになられるとは。そんなに人手不足なのですか？　今の蠍の奴隷商団は？」

「？　まるで、私のことをよく知っているかのような口ぶりねぇ。パパが聖騎士団員か何かだったのかしら？」

「さて、どうでしょうね。ですが、貴方のことは誰よりもよく知っているつもりです。何といっても、私は病で亡くなる寸前まで、貴方のことをずっと探しまわっていたのですからね。まさかこんなところで再会できるとは思いませんでしたよ……【迅雷剣】ジェネディクト・バルトシュタインさん？」

「……？　言っている意味がまるで分からないけれど……まぁ、良いわ。ゲラルト」

「はい」

ジェネディクトがそう部下の名を呼ぶと、背後にいる男は俺たちの足元に、刀身の短い小型の刀剣である『ダガー』を一本、無造作に投げ捨ててくる。

その理解不能な行動にこちらが困惑していると、ジェネディクトは地面に落ちている剣を指さし、楽しげに口を開いた。

「今まで、あの牢獄から無事に逃げ出した奴隷は一人もいなかったの。だから、貴方たちのその行動力に免じて、チャンスを上げることにするわぁ。その剣で少しでも私に傷を付けることができたのなら……その時はここから逃げることを許してあげる♪　五体満足で、パパとママの元に帰らせてあげるわよぉ」

「!? そ、それは、本当なの!?」

ロザレナのその声に、ジェネディクトはにんまりと、菩薩のような優しげな笑みを浮かべる。

俺はそんな奴の表情を見て、ペッと、地面に唾を吐き捨てた。

(……何ともまぁ、悪趣味な真似をしやがることで)

【迅雷剣】ジェネディクト・バルトシュタイン。

肉体強化魔法と魔道具によって肉体を限界まで加速させ、人の領域を超えた速度を得た、神速の剣士。

奴は、雷属性魔法と肉体強化魔法を得意とする、王国最強の魔法剣士と呼ばれている。

俺が知っている限りでは、現『剣聖』であるリトリシア・ブルシュトローム以外に、あの男の剣を止められそうな実力者はこの世にいなかった。

勿論、この世界に転生したばかりの俺が、現在の剣士たちの実力を完全に把握しきれていないのは事実だ。

だから、過去の『剣聖』としての俺の主観での判断になるのだが……それでも、現代で奴を越える剣速の剣士はまずいないだろう、と、そう断言できてしまう。

何故なら俺が生きていた時代においては、こいつは俺に次ぐ、『剣聖』の候補者だったからだ。

最上級冒険者であるフレイダイヤ級、聖騎士団を纏める聖騎士団団長級……この男は、未だにそのランクに位置する猛者をも越える、頂点の剣士であることは間違いがないと言える。

そんな怪物相手に、ただのガキが不格好に剣を持って戦うというのは、何ともふざけた話だな。

ここにいる俺たちが徒党を組んで剣を振り回したところで、まずもって、奴の肉体に傷を付けられる可能性は０％と言って良い。

何の力も策もない少年少女があの怪物に勝てる道理は、どんなに考えたところで、見えてはこない。

「……こりゃ、弱者を嬲ることが趣味の、奴の悪趣味なお遊び、といったところかね」

そう呟きつつ、俺は地面に投げ捨てられたダガーを拾う。

どうやらこのダガーは、現存するどの鉱石よりも軽いとされる『ライトメタル』を使用して造られているようだ。

子供にも扱える、軽量、そして俺たちの小さな手にも配慮された、刀身と持ち手が長すぎない小型の武器……。

わざわざこちらがまともに扱える武具を用意していることから鑑みて、こいつが完全にガキ相手に真剣な殺し合いをするつもりだということが窺えた。

希望という餌をぶら下げながら、絶望に叩き落とし込むという奴のそのやり方に、反吐が出る。

「あらあらぁ？　貴女が私と戦う、そういうことで良いのかしらぁ？」

「ええ。……みなさん、ここは私に任せてください」

「そ、そんな!!　無理よ、アネット!!　だってあなた、足を怪我しているのよっ!?　そんな状態で戦うなんて、危険よ!!」

「そ、そうだよ!!　君はこれ以上無茶をしちゃダメだ!!」

俺の肩を掴みそう言うと、グライスは恐怖心を噛み殺しながらジェネディクトに視線を向け、恐る恐ると言葉を放つ。

「あ、あの!!　アネットさん以外の僕ら全員が貴方と戦う、それは許されることかな!?」

「えぇ。別に構わないわぁ。ゲラルト、人数分のダガーを、この子供たちに……」

「いいえ、その必要はありません。私だけで十分です」

「!?　アネットさん!?」

グライスの手を払いのけ、俺は片手に剣を持ちながら、ジェネディクトの元へと向かう。

そんな俺に、背後にいるガキどもは甲高い叫び声を上げ始めた。

「む、無茶だってアネットちゃん!!　だって、相手は大人の男の人なんだよ!?　みんなで戦わなきゃ勝ち目ないって!!」

「う、うちも、そ、そう思います。アネットさんだけが無理をする必要はないかと」

「あぁ、そうだよ。その通りだ!!」

「アネット。主人としての命令よ。この場は一旦下がりな――」

「ゴチャゴチャとうるせぇんだよ、クソガキどもがッ！！！」

肩越しに振り返った俺のその怒声に、ガキどもは目をまん丸にして、怯む。

俺はそんな彼らの様子を見つめた後、足をズルズルと引きずりながら歩みを再開させ、ジェネディクトのニヤけ面を正面から睨みつける。

そして、静かに口を開いた。

「良いか、クソガキども。アレは、子供五人が戦って何とかなる代物じゃねぇ。良いから黙って見ていろ。まだ死にたくなければな」

そう一言を言い残し、俺は四、五メートル程の距離でジェネディクトと対峙する。

すると奴は先程の俺の行動に笑いを堪え切れなかったのか、手を叩き、堰を切ったように笑い声を上げ始めた。

「フッ、フフッ、フホホホホホホホホホホッ!!　す、素晴らしい友情劇ねぇ!!　惚れ惚れするわぁ!!　貴女がボロボロになって『ごめんなさい』と泣き喚く姿を後ろのあの子たちに見せつけたら、いったいどんな顔をするのかしら……今から楽しみで仕方ないわぁ!!」

「言ってろ、クズ野郎が。悪いが俺は、てめぇに負ける気は一切ねぇ」

「可愛い顔して、まるで男のような乱暴な口調で喋るのねぇ？　それが貴女の本性というわけ？……まぁ、いいわ。そんな生意気な口、今すぐ利けなくさせてあげ――あら？」

俺がまっすぐとダガーを構えると、ジェネディクトはニヤけ面をやめ、突如、その顔に真剣な表情を浮かべた。

「貴女……過去に剣を習っていて？」

「いいや？　この身体になってからは、まだ一度も」

「身体(からだ)？　意味が分からないけど……ふーん？　構えは様になっているわね。剣をこちらに向けた瞬間、突然異様な気配を放ち始めたし。もしかして、剣の才覚のある天才児、という奴かしらね？　貴女」

そう一言呟くと、ジェネディクトは俺の血だらけの脛(すね)に視線を向ける。

そして、掌(てのひら)をこちらの右足に向けると、魔法の呪文(スペル)を唱え始めた。

「──主よ、汝(なんじ)の奇跡で彼(か)の者の傷を癒したまえ……【ハイヒーリング】」

信仰系高位治癒呪文(スペル)の、【ハイヒーリング】。

あろうことか、何故か奴は魔法を使い、俺の怪我の治療をし始めたのであった。

完全に傷が癒え、元通りになった自身の脛に俺が目を丸くさせて唖然(あぜん)としていると、ジェネディクトは手の甲を口元に当て、楽しそうに含み笑いを溢(こぼ)す。

「万全な状況で弱者を嬲ってこそ、その絶望はより色めき立つものでしょう？　楽しませてね、メイド剣士ちゃん」

「ハッ、相変わらずふざけた野郎だな、てめぇは」

「フフッ、生意気そうな貴女であれば、余興としては十分楽しめそうね。さっ、お喋りはこれくらいにしておきましょうか。——かかっていらっしゃい。その瞳の光、必ず絶望で黒く染め上げてあげるから」

そうして俺はダガーを構えると、ジェネディクトへと向けて、跳躍したのだった。

◇　◇　◇　◇　◇

「もう、もう、やめて……っ!!　アネットが……アネットが死んじゃう!!」

いったい、どれくらいの時間が経ったのだろうか。

俺は口の中に溜まった血をペッと吐き出すと、ダガーを支えにして、何とか立ち上がる。

現在、腕、胴、太腿、脹脛、体中の何処もかしこも斬り傷だらけになっていた。

だが、加減しているのか、致命傷になり得る傷は今のところひとつもない。

奴の腕ならば、瞬時にこちらの首を切断できるだろうに。

余興と口にした通り、あの男は完全に俺を嬲って遊んでいる、そんな様子だった。

「ウフッ、まだ立ち上がる意志があるのねぇ。面白い子」

「……ったり前だろ。この程度のことで、膝を折っていられるか」

「ふぅん？　そう、それじゃあ……」

そう口にして、ジェネディクトは俺のボロボロの身体に向けて、まっすぐと、掌を向けてくる。

てっきり攻撃魔法が飛んでくるものかと身構えたのだが……唱えられたのは治癒魔法、【ハイヒーリング】だった。

治癒魔法特有の効果――俺の身体が青白く発光した瞬間、【ハイヒーリング】は、俺の身体にある全ての傷を治癒していった。

そして瞬く間に身体の痛みはなくなり、光が消え失せる頃には完璧に元通り、奴と戦う前の姿へと全快していった。

「あ? てめぇ、また治癒魔法使うとか、いったい何の真似を……」

「フフッ、このまま弱ったままの貴女をいたぶっても面白くないからねぇ。仕切り直しよぉ。――オラァァッ!!」

「ぐふっ!!」

視界から突如消えたかと思えば、一瞬で間合いを詰められ、気付けば俺はジェネディクトに腹部を思いっきり蹴られていた。

その革靴から放たれる威力に、俺は空中を飛び、ゴロゴロと情けなく地面を転がっていく。

だが、そんな俺を逃すまいと、物凄いスピードで追ってきたジェネディクトは転がる俺の身体を足で踏んで止め、そして髪の毛を掴むと、そのまま上空へと軽々持ち上げた。

「アネット!!」

ロザレナの悲痛な叫び声が聞こえる。

内臓が破裂したかのような強烈な痛みに顔を歪めながら、俺はジェネディクトを鋭く睨みつけた。

「あら？　まだ、反抗する意志があるようねぇ。ホント、面白い子」

そう口にすると、奴は愛剣、双剣のシミターの一対を抜き放ち、その切っ先を——容赦なく、俺の肩へと突き刺した。

「ぐっ、あああぁぁぁぁぁぁぁぁッッッッ！！！！」

その悲鳴に、ジェネディクトはにんまりと笑みを浮かべる。

「あらあらあら。小娘にしては汚い叫び声ねぇ。粗野な男みたいで品がないわぁ」

「ッ、言っていろ、カマ野郎!!」

俺は応酬として、奴の頬へと唾を吐きかける。

すると、次の瞬間。

常時、ヘラヘラとしたニヤついた笑みを浮かべていた様子から一変、突如怒り狂った形相となったジェネディクトは、俺の髪の毛を摑んでいた手を離した。

ドサッと石畳に叩きつけられる、俺。

何とか、立ち上がろうと試みたが……そんな間も与えずに、奴の足が、俺の後頭部を踏みつけてきた。

そしてそのままガシガシと、俺の頭を何度も何度も踏みつけながら、ジェネディクトは激昂(げきこう)した様子で怒声を放ってくる。

「こ、こんんんの野郎がぁぁぁぁぁぁぁぁッッッ！！！！　ただの奴隷ごときがぁぁぁぁっ！！！！！　わ、私の美しい顔に、汚らしい唾を吐きやがってぇぇぇぇ！！！！許さない!!　絶対に許さないわよぉぉぉぉぉぉぉッッッ！！！！」

先程の手加減していた時とは打って変わって、全力を込めて、俺の頭を何度も何度も踏みつけてくるジェネディクト。

頭蓋骨が割れそうな程の威力を伴ったその強烈な地団太(じだんだ)に、俺はただただ、歯を食いしばって耐えることしかできなかった。

「ああああぁぁぁぁぁぁあッッ！！！！　死ね死ね死ねッッッ！！！！　何かさっきからあんたを見てるとムカつくのよ！！！！　何故(なぜ)か、私のこの顔に消えない傷を残した、あの男のことを思い出すのよぉぉぉぉ！！！！　死ねぇッッッ！！！！　アーノイック・ブルシュトローム！！！！　死ねぇぇぇぇぇぇぇッッ！！！！」

「や、やめてっ!!　もう、やめてよぉっ!!　い、言うこと何でも聞くから!!　だ、だからもうアネットのことを傷付けないでっ!!」

「うるっさいわねぇ、レティキュラータスの小娘!!　格落ちの小領貴族の分際で、バルトシュタイン家の血を引くこの私に意見をするなッッッ!!」

「ひうっ!?」

血走ったその眼光に射貫かれたロザレナは、肩を震わせ、尻もちをつく。

そんな様子を終始静かに見守っていた、ジェネディクトの部下であるゲラルトと呼ばれた男は……突如沈黙を破り、自身の上司に向けて、ロザレナたちの背後から口を開いた。

「ボス。それ以上やったら、その娘、死んでしまいます。そのくらいにしておきましょう」

「あぁ!?　お前まで私に意見をするつもりか!?　ゲラルト!!」

「恐れながら申しますが……その娘はダースウェリン卿が入札した商品です。今、あの太客との信頼関係を壊すのは、悪手かと私は思います」

「フゥーッ、フゥーッ……そう、ね。貴方の言う通りだわぁ、ゲラルトちゃん」

そう言って深呼吸した後、突如落ち着いた様子を見せたジェネディクトは、俺の頭を踏みつけていた足を退ける。

そして、俺の髪を掴み、血だらけになったこちらの顔を確認すると――奴はにこりと満面の笑みを浮かべた。

「この私の美しい顔に唾を吐いたことは、これでチャラにしてあげるわぁ」

ジェネディクトはそのまま無造作に俺を石畳の上に放り投げると、俺の背中に掌を向けて、治癒魔法を唱え始めた。

再び【ハイヒーリング】によって後頭部と肩の傷を癒した俺は、口の中に溜まった血をゲホゲホと吐き出しながら、何とか起き上がる。

そんな、膝を突きながらゆっくり立ち上がろうとしている俺の様子に、ジェネディクトはケタケタと不快げな嘲笑の声を上げる。

そして奴は剣を鞘に仕舞うと、腕を組み、這いつくばる俺の姿を満足げな様子で見下ろしてきた。

「さて……そろそろ、抵抗する意志が無くなってきたんじゃない？　分かったでしょ？　どんなに頑張ったところで、何をやったところで、無意味なんだって。自分は奴隷として生きるしかないんだって。ね？」

俺はその言葉に何も返さずに、ダガーを支えにして、再び、立ち上がる。

そんな俺の肩を軽く叩くと、ジェネディクトは優しく目を細め、穏やかな声色でそっと耳元に声を掛けてきた。

「ほら、もう諦めちゃいなさい。あの牢獄にいることを望んだ他の子たちのように、ただただ運命に流されるだけの従順で良い子になっちゃいなさい。もう、分かっているのでしょう？　自分はただの弱い少女なのだということが。だから、貴女が頑張る必要は何処にもないの。簡単で楽な道を選び——は？」

こちらの様子を終始ニヤニヤと観察していたジェネディクトだが、俺の顔を確認した途端、突如、その顔色が曇り始める。

そしてわなわなと驚愕した様子で俺の肩から手を離すと、信じられないものを見るような様相で距離を取り、こちらのその様子に引き攣った笑みを浮かべた。

「な、何で？　ど、どうして、貴女——変わらないの？　どうして、あれだけのことをされて、絶望に目を黒く染めないの？　どうして……笑っていられるの？」

俺はふぅっと短く息を吐きながら、ダガーをまっすぐとジェネディクトに向け、構える。

そして挑発的な笑みを浮かべて、口を開いた。

「おら、もう一戦だ」

《ジェネディクト視点》

あれから、何度も何度も何度も、あの小娘をいたぶってやった。

ありとあらゆる箇所を剣で刻み、腕の骨を折り、足の腱を切り、爪を弾き、全ての歯を折ってやったりもした。

だが……あの小娘の闘志は、まるで無くならなかった。

考え付く限りのどんな痛みを与えようとも、けっして、その目が曇ることはない。

あの小娘は、さっきまで死の淵際にいたというのに、治癒した途端——何事もなかったように立ち上がり、私に向けて剣を構えてくるのだ。

意味が、分からなかった。

ただの小娘風情が、こんな痛みに耐えられるはずがないのに……いや、大の大人の男だって、これらの数々の拷問を前にしたら心が砕けるのは当然のことだ。

それなのに、あの少女はけっして剣から手を離すことをしない。

何度も立ち上がり、まっすぐと澄んだ瞳でこちらをしっかりと見据えてくる。

その姿に、私はいつしか恐怖心を抱いてしまっていた。

だが、その恐怖心を、私は絶対に認めたくはなかった。

誇り高き聖騎士の血を引く自分のプライドが、許さなかったからだ。

「何なのよ、貴女……」

数十回にも及ぶ、痛めつけては治癒をするという行為の繰り返しの果てに、私はそう呟く。

その数を数えるのも億劫になっていたその時、私は、またしても平然と立ち上がる少女のその姿に、恐怖心と同時に、苛立ちに近い何かを感じ始めてしまっていた。

「いい加減……心を折りなさいよ!!　クソがぁ!!」

顔面を思いっきり殴りつける。

簡単に後方へと吹っ飛ばされる、少女。

だが、その手から剣が離されることは、ない。

再び、ダガーを支えにしてよろめきながら立ち上がると、少女はまっすぐ、こちらに剣を構えてくる。

その姿に、私の中で抑えていた過去の忌まわしき記憶が掘り起こされてしまう。

腹違いの義兄弟たちに、剣の修練と称して拷問に近い虐待を行われていた、あの地獄の光景が。

あの時、泣いて許しを請うことしかできなかった弱かった自分と、何度も何度も立ち上がっては、敵うはずもない相手に剣を向けてくるこの少女を、私は思わず比べてしまっていた。

そのことにプライドが傷ついた私は……もう、我慢できなかった。

今までけっして抜いて来なかった二対目の双剣を抜き放ち、少女に向かって怒声を放つ。

「私が……まさか私が、殺さないとでも思ってるんじゃないの？　高を括っているんじゃないの!?　貴女!!　ち、調子乗ってんじゃないわよぉ!?　もうダースウェリンのバカ貴族のことなどどうでも良い!!　ブチ殺してやるわ!!」

「!?　ボス!!　それは……っ」

「黙っていなさい、ゲラルト!!　この小娘は、絶対に許してはおけない!!　その態度、その目、その折れない心……本当に腹立たしい。貴女の存在自体が、許せない。その在り様は、今までの私を否定するものよ。絶対に殺してやる!!　もう後悔したって遅いんだから!!」

腰を低く構え、自身の俊敏性を倍速させる、最上級魔道具、【風神の耳飾り】を使用する。

さらに、動体視力と反射神経を増幅させる肉体強化魔法を複数使用し、加えて雷属性の魔法石で造られたシミターによって剣速をアップさせる。

これで、準備は万端だ。

この世界に、私を超える速度を持つ者はいない。

【迅雷剣】と呼ばれた、その並ぶべくもない圧倒的速さの前に、今まで地面に足を付けていられた者は……先代の『剣聖』であるあの男以外、存在しなかった。

つまり、このメイドの少女如きに、私の神速の剣を止めることは不可能だということ。

この私がたかが小娘如きに本気を出すなど、本当だったら顔から火が出るくらい恥ずかしいことなのだけれど……この、何度も何度も立ち上がってくる私のトラウマを掘り起こしてくる少女だけは、許しておけない。

その首を切断して、背後にいるガキどもの前に晒してやらなきゃ、このズタズタになったプライドは元に戻せない。

そう思い至ったからこそ、私は、この忌々しい少女へと全力の一撃をお見舞いしてやることに決めたのだ。

「死ね!!」

そうして私は激しく地面を蹴り上げ、メイドの少女の首目掛けて、世界最速の剣閃を放っていく。

数秒後には間違いなく、この少女の頭部は熟れた果実のようにゴロンと、地面に落下していることだろう。

その未来の光景に、私はニヤリと、恍惚(こうこつ)とした笑みを浮かべた。

だが——。


「……ようやく、分かってきたな。この身体(からだ)の、使い方が」

「——は？」


理解、できなかった。

意味が、分からなかった。

私は、過去、冒険者の最上級クラスである剣士だって、その手で降(くだ)してきたことのある人間だ。

世界最強の男、アーノイック・ブルシュトロームの一太刀を、受け止めたこともある人間だ。

それ、なの、に……この光景は、いったい何だ？

何故(なぜ)、最速の剣を使うこの私が……たかがメイドの少女如きに受けきられている、んだ、

……？

目の前の少女は、交わる剣の向こうで、困惑する私の様子にニヤリと不敵な笑みを浮かべる。

「ふぅ、良い訓練になったぜ。ようやく眼が慣れてきたところだ。やっぱ、実戦こそが自分を成長させられる鍵だな。まさか師匠の言葉を、この身体になってから理解することになるとは思いもしなかったぜ」

「な……なん、何なんだ、お前、は……？」

私の剣を弾くと、メイドの少女はダガーの背面を肩に乗せ、ポンポンと叩いた。

「俺は『剣聖』——いや、見ての通りただのメイドだよ。アネット・イークウェス。ロザレナお嬢様のお世話係だ」

そう口にすると、少女は、まっすぐと剣を構える。

その小さく矮小な姿の背後に、何故か私は、自分が生涯で最も恐れた男……アーノイック・ブルシュトロームの影を、感じてしまっていたのだった。

幕間　剣聖と剣神の邂逅

Interlude

王都の南にある居住区街の外れに、年季の入った木造建築の屋敷があった。

その玄関口に立て掛けられている板札には、『【蒼焔剣】流派・ロックベルト道場』と書かれている。

そう、ここは見ての通り、剣術道場である。

ここは、王国の冒険者を管轄するギルド長でもある『剣神』、ハインライン・ロックベルトが弟子を集め個人的に剣を教えている、王国きっての名立たる稽古場。

彼が六つ受け持つ道場の内の、その門下のひとつであった。

「とぅおりゃっ!!　とぅおりゃっ!!」

「せいやっ!!　せいやっ!!」

「きぇえいっ！　きぇえいっ！」

屋敷の中央にある広大な中庭では、筋骨隆々の大勢の男たちが叫び声を上げながら二組になって剣をぶつけ合い、稽古に励んでいる光景が広がっていた。

その顔には皆一様に覇気が宿っており、真剣に自身の剣を極めようという気迫を放っているのが、遠目で見ても分かる。

「えいっ！　えいっ！」

だが、そんな男臭い道場に、場違い感のある幼い少女の姿があった。

周りにいる屈強な男たちと同様の衣服――王国ではあまり馴染みがない道着と呼ばれているもの――を身につけたその幼い少女は、お団子状に結ったオレンジ色の髪を可愛らしく揺らしながら、一生懸命に虚空に向かって剣を振り続けている。

そんな彼女に対して、縁側に座っていた一人の老人は微笑ましそうに笑みを浮かべると、優しげな声色で口を開いた。

「おーい、ジェシカちゃんや。そろそろ三時のおやつにしないかねぇー？」

その言葉に、ジェシカと呼ばれた少女は剣を振る手を止めると、頬を膨らませムッとした表情を老人へと向けた。

そんな彼女の様子に、老人は困ったように眉を八の字にさせる。

「一時間もお稽古をしたのじゃから、もう疲れたじゃろう？　ゆっくり休みなさい、ね？」

「お爺ちゃん！　みんなまだ修行しているのに、何で私だけおやつを食べないといけないのっ！」

「そうは言ってもじゃなぁ。みんなと違ってまだジェシカちゃんは幼いのだし……」

「年齢なんて関係ないの!!　私はもっと強くなりたいの!!　邪魔しないでちょうだいっ!!」

「う、うぅむ……我が孫ながら、剣への熱意が凄まじいものじゃのぅ。じゃが、もう少し、ちょびっとだけ、ワシへの愛情を見せてくれると嬉しいんだがのぅ……」

そう老人が口にし、ため息を吐いた直後だった。

「ごめんください。ハインライン殿は、いらっしゃいますでしょうか」

「!!　リト姉だぁ!!」

その声を聞いた瞬間、ジェシカは剣を地面に放り投げ、鼻歌を歌いながら門へと駆けて行った。

そんな孫娘の姿に呆れたように苦笑しながら、老人も少女に続いて玄関口へと向かっていく。

「リト姉ーっ!!　会いたかったよぉっ!!」

門を開け、外に立っていた人物――美しい顔立ちをした黄金の髪の森妖精族に、ジェシカは抱き着くと、その小振りな胸に思いっきり頬ずりをする。

抱き着かれた森妖精族の少女はというと、ジェシカのその様子に最初は面食らっていたものの、即座に優しげに目を細めて、彼女の頭をポンポンと撫でたのだった。

「そんなに私に会いたかったのですか？　ジェシカ」

「うん！　だってリト姉は私の憧れの人なんだもん！　強くて、かっこよくて、綺麗で、本当……もう、大好きっ！」

「そうですか。ジェシカのような可愛い子にそう言って慕って貰うのは、とても嬉しいことですね」

「えへへへっ」

照れるジェシカにニコリと笑顔を返すと、森妖精族の少女は、遅れて目の前にやってきた老人へと視線を向ける。

「ハインライン殿。お久しぶりでございます。お元気そうで何よりです」

「あぁ。リトリシアも、変わらずに元気そう……というか、お主は何年経っても言葉通りに全く姿かたちが変わらんのう。十年も二十年も若いままって、いったいどうなっておるんじゃ」

「あははは……私は森妖精族ですからね。人族とは、老化のスピードが異なるのですよ」

「まったく、羨ましい話じゃな。ワシも、もう～少しばかり若い期間が長ければ、お主と『剣聖』の座を争って剣を振っておったものを……実に残念じゃ」

そう老人が口にした瞬間、リトリシアの長い耳がピクリと震える。

そして、変わらぬ笑顔のまま……どこか怒気を含んだ口調で彼女は口を開いた。

「……偉大な我が養父の兄弟子であるハインライン殿といえども、『剣聖』の座を争う未来があったのなら……私と貴方は今こうして仲良く喋っていることなどできていなかったと思いますよ。私は、父、アーノイック・ブルシュトロームの遺志を継いで、覚悟を持って、この地位に立っているのですから」

「はぁ。相変わらず冗談も通じないクソ真面目なファザコン娘じゃな、お主は。いつまでも亡くなった父に縛られてないで、新しい男でも探したらどうじゃ？　ん？」

「私はあの御方以外の男性と添い遂げる気は一切ありません。父の残したこの刀剣と共に、墓に入るつもりです」

「あー、辛気臭い辛気臭い、お主と話しているとこっちにも陰気が移りそうで敵わんわい！　その面倒臭さは本当にあの男そっくりじゃな！」

「お爺ちゃん！　リト姉にそんな酷いこと言っちゃ駄目っ！」

腰に手を当て、唇を尖らせている孫娘の姿に、ハインラインは目を細めにこやかな笑みを浮かべる。

「おうおう、ごめんな、ジェシカちゃん。お爺ちゃん、このリトリシアお姉ちゃんのお父さんと、ちょ〜っとばかり仲が悪かったからさ。大人げなく昔を思い出して、色々酷いこと言っちゃったよ。本当にごめんね〜」

「リト姉のお父さん……？　それって、先代『剣聖』の、アーノイック・ブルシュトロームさんって人？」

そう小さく声を発すると、俯き、何やら考え込む素振りを見せるジェシカ。

そして数秒程何やら思案し、顔を上げると、彼女は再びリトリシアの方へと視線を向けた。

「お姉ちゃん、歴代最強の『剣聖』、アーノイックさんって、いったいどんな人だったの？」

その質問に、先程までの淑女然としていた態度とは一変、リトリシアは鼻息荒く興奮した様子を見せると、頬に手を当て、顔を上気させ、恍惚とした表情を浮かべる。

「聞きたいですかっ!?　彼はですねっ!!　正しく、伝聞通り『最強』と称されるに相応し

い人物だったのですよっ!!　剣を上段に振り上げ、振り降ろす。その単純な動作だけで、山を割り、海を割り、どんな存在だろうと瞬時に等しく真っ二つの肉片へと変えるのです!!　はっきり言ってあの御方は、人間の域を遥かに超えた存在なんですよ!!　神が与えた超常の天才、剣の申し子……とにかくどんな言葉でも表すには言い足りないくらい、素晴らしい御方だったのですっっ!!」

「う、うん、そうなんだ……」

「はいっ！……ですが、その尋常ならざる強さが故に、我が父は常に孤独に苛まれていらっしゃいました。王国の人々は、魔法も何も使わず純粋な力のみで龍を殺した父を、あろうことか化け物呼ばわりしたのです。人の形をしただけの、悪魔、魔人だと」

「ヘッ、それは単に奴の人望が無かっただけの話じゃろうて。くだらないのぅ」

小指で耳の中をほじっていたハインラインが、つまらなそうにそう口にする。

すると彼のその言葉に、リトリシアは眉間に皺を寄せて、今にも射殺さんとばかりに老人を睨みつけた。

だが、そんな彼女の様子を意にも介さず、ハインラインは小指にフッと息を吹きかけると、過去を懐かしむような顔をして開口した。

「奴が他人に嫌悪されるようになったのは、何も、そのことが原因になってからのことじゃないわい。ワシの知る限り、あの男は幼少時代から人には嫌われておったよ。特に、剣士にはな」

「……剣士、ですか？」

「そうじゃ。何たって真剣に剣の修練を積んでいる者からすれば、あやつの剣の才覚は意味が分からない代物だったからな。だってあいつ、数時間何度か剣を打ち合わせるだけで、相手の剣技を完全に自分のものにしちゃうんじゃぞ？　常人が何年も掛けて修練を積んでやっとの思いで会得できたその剣技を、ものの数時間で習得しちまうんじゃ、あの化け物は。……まぁ、それだけならまだ良いんじゃが、アーノイックの野郎はその剣技を自分のセンスでさらにグレードアップしちまうのが更にタチの悪いところなんじゃて。そんなことされたら、誰だってあいつのこと嫌いになるじゃろ？　真面目に修練を積む剣士だったら特に、のう」

「相手の剣技を一目見ただけで自分のものにする……とっても、凄い人だったんだね、リト姉のお父さん、おじいちゃんの弟弟子さんだった人は」

「うーん、凄いって言うよりは、めちゃくちゃな人じゃったよ。酒飲んで暴れては民間人殴るわ、師匠の誕生日祝いの金を『倍にして返す』とか言ってワシの反対押し切って競馬に全部注ぎ込むわで……もう本当、病気でくたばる寸前までワシに迷惑を掛けてくる、そんな愚弟じゃった。来世があるとしたら、あの男とは二度と関わりたくはないね、ワシは」

そう言いつつも、何処かまんざらでもない笑みを浮かべて、自身の弟弟子のことを喋っているハインライン。

その姿を見たリトリシアは怒気を収め、誰にも聞かれない小さな声でぽそりと、静かに口を開いた。

「……師匠の、我が父の強さは、相手の技術を咄嗟に会得する能力だけではないのですよ、ハインライン殿。あの御方の真の強さの根幹は、尋常ならざる剣術の理解と底知れぬ成長速度、そして、どんな状況でもけっして折れることがない不屈の精神力。その三つです。もし、あの御方がまだ生きていらっしゃったのなら……今頃私の想像を遥かに超えた力を手に入れていたことでしょうね。何たって、亡くなる前の我が父君は世界最強の座に立っていても尚、まだまだ成長の途中だったのですから……」

「あん？　恍惚な笑み浮かべてブツブツと何言っておるんじゃ、お主は？」

「フフッ、我が愛しの養父に、愛の言葉を少々」

「うげぇ、気色悪い……そういうことは神聖なる道場であるうちでやるんじゃない。ジェシカの教育上悪いからのう……」

「申し訳ありません」

「まぁ、お前さんのそれはいつものことじゃから仕方ないか。許してやるとするかのぅ……さて」

　コホンと咳払いをすると、ハインラインは真面目な表情を浮かべて、リトリシアを見据える。

「今日、うちに来たのは、何も世間話をしに来たワケじゃないのじゃろ？　さっさと用件を言わんかい、『剣聖』。ワシも、弟子の稽古を見なければならないから暇じゃないんじゃ」

「はい。では、さっそく本題に移らせて頂きます。実は……聖騎士団の密偵部隊の話によると、蠍の奴隷商団（スコーピオニウス）の団員の姿が、近ごろ王都の中央市街辺りで度々目撃されているようなのです」

「ほう？　アーノイックにボコボコにされてから、地下深くにずっと潜伏していたあの蠍の奴隷商団（スコーピオニウス）が、か。ふむ。良くない兆候じゃな」

「ええ。ですから、再び奴らを一掃するために……ハインライン殿の門下生である『剣王』クラスの剣士を、何名か私の元に派遣してはくださらないでしょうか？」

「なるほど、な。ジェネディクト・バルトシュタイン。本来であればあのレベルの強者（つわもの）を仕留めるなら、ワシとお主が出向かなければならぬ事態なのじゃろうが……歳（とし）には敵（かな）わんのう。今のワシが行ったところであまり役に立ちそうにはないわい」

「ハインライン殿が隠居して久しいことは充分に理解しております。ですから、ご無理はなさらない方がよろしいかと」

「まったく、情けない話じゃて。まぁ、老いぼれの時代はとっくの昔に終わったからのう。仕方ないか」

そう口にし、ハインラインは深くため息を吐く。

「あの蠍の奴隷商団（スコーピオニウス）首魁（しゅかい）の討伐は、我が弟子が失敗した任務でもある。そのミスをバックアップしてやるのも、兄弟子であるワシの責務じゃ。ワシの代わりに精鋭を派遣してやる。好きに使え」

「ありがとうございます」

「うむ。そうと決まれば【蒼焔剣】の門下の強者たちを紹介してやるとしよう。おい、てめぇら!!」

こうして、本人の知らぬ間に、アーノイック・ブルシュトロームの愛弟子と彼の兄弟子は、邂逅を果たしていたのであった。

彼らがよく知っている髭面の大男が、実はメイド少女としてこの世に転生していることなど、露知らずに。

「――はぁっ!?　な、何でッ!?　何故なのッ!?　何で私の攻撃を防ぐことができるの、貴女ッ!?　意味が分からない!!　意味が分からないわ!!」

先程の、全力を込めて放ったであろう一撃。

その一太刀を完璧に防ぎ切った俺の様子を見て、ジェネディクトは動揺の声を漏らす。

だが、気を取り直したのか、奴は再び俺に向けて双剣を構え、戦闘態勢を取り始めた。

「まぐれ……今のは絶対にまぐれなのよッ!!」

その瞬間。

ジェネディクトの愛剣、双剣のシミターから放たれる神速の斬撃が、再び俺を斬り殺さんと、青い火花の軌跡を無数に描きながら飛んでくる。

常人の目には留まらぬ速度で繰り出されるその連撃は、正しく世界最速の剣戟といえるもの。

周囲一帯に剣閃を飛ばす、回避不能の五月雨斬り……それは、最上級剣技と称するのに相応しいレベルのものだった。

「おいおい、ガキ相手に容赦なさすぎだろ……」

この剣の雨を前にしては、どんなに腕に自信のある強者であろうと、無傷のまま防ぎきるのは不可能と思える。

現『剣聖』であるリトリシア・ブルシュトロームでも、この剣を無事に防ぎきる手段は……俺の知っている生前のリティであれば、この五月雨斬りを回避しきるレベルの実力は持ち合わせていなかっただろうな。

つまり、この剣戟は、『剣聖』をも超える頂に立つ者の剣技。

世界最高峰の、剣士の頂点に立つ者が放つ、絶技だった。

(……だが！)

だが……そんな絶技だろうが何だろうが、世界最強の『剣聖』であった、過去の俺には……アーノイック・ブルシュトロームには、脅威にもなりはしなかっただろう。

まったく、この程度で俺を殺せるなどとは思うなよ、【迅雷剣】。

「はぁっ!!」

剣の雨に恐れずに、一歩、強く足を前に踏み出す。

空気の流れ、剣の動きを読めてさえいれば、何も恐れることは無い。

その剣閃が向かう先を——奴が俺の何処を斬り刻もうとするのかを事前に予測できてさえいれば、無数に飛んでくるこの斬撃の雨といえども、防ぐのは造作もないことだからだ。

ジェネディクトの重心の動きを計る。

ジェネディクトの目線を追う。

剣を持った人間が、相手の身体に剣を振り降ろすその時。

振り降ろされるその型は、主に八つに分類される。

上段から頭部を狙った振り降ろしが『唐竹』。

右肩から、左側の脇下を狙った振り降ろしが『袈裟斬り』。

右横から腹部を狙った打ち払いが『左薙』。

右斜め下から下半身を狙った振り上げが『左切上』。

下方から局部を狙った振り上げが『逆風』。

左斜めから下半身を狙った振り上げが『右切上』。

左横から腹部を狙った打ち払いが『右薙』。

左肩から、右側の脇下を狙った振り降ろしが『逆袈裟』。

その八つの攻撃の型を剣士が行う時、どのような動作のパターンを取って剣を放つか。

生前の知識から、俺は完全にそれを把握できていた。

だから、集中して相手を観察し、常に先回りして先手を打っていれば——相手の剣を弾くのは容易なことこの上ない。

俺は、ジェネディクトが行う攻撃の型を予見し、口に出しながら防衛の態勢を取る。

「袈裟斬り、左切上、左薙、唐竹、袈裟斬り、右薙、右切上、唐竹、袈裟斬り」

自身の身体に向かって放たれた剣閃全てをダガーで弾き、相殺することで回避することに成功。

その光景——どの型から斬撃を放っても完璧に防御してみせたその状況に、ジェネディクトは剣を振る手を思わず止めた。

その後、呆気にとられたようにポカンと口を開け唖然とすると、眼を見開き、奴は半狂乱になって叫び声を上げ始める。

「は……？　はぁぁぁぁぁぁぁぁぁぁぁぁぁぁぁぁぁぁぁぁぁぁッツッ!?!?」

そして俺から距離を取り、離れると、奴は信じられないものを見るかのような目でこちらを睨み付け、ゼェゼェと肩で息をし始めた。

「な、何で……何で全部防げるのよおぉぉぉぉぉぉぉッ!?　だって、だって可笑しいでしょぉッ!?　私の、私のこの剣は世界最速なのよ!?　それが——それがこんな、ただのメスガキに!!　それも剣士の血を引いているとは到底思えない見窄らしい使用人風情に!!　な、何でお前なんかが、何でお前なんかが私の剣を目視して、止めることができるっていうのよぉぉぉぉぉぉぉぉ!?　可笑しい!!!!　こんなの絶対に可笑しいわぁぁぁぁぁぁぁぁッ!!!!」

眼を真っ赤に充血させ、ガチガチと歯を鳴らし、絶叫するジェネディクト。

そんな奴に対して、俺は鼻を鳴らし、首をコキコキと回した。

「ハッ！　汚ねぇ唾飛ばして喚いてんじゃねぇよ、カマ野郎！　剣士だったら、相手の動きに合わせて先んじて剣を振るのは当たり前のことじゃねぇか。そのご自慢の速さにかまけて、まさか初歩的なことを忘れてんじゃねぇのか？　テメェ」

「相手の動きに合わせて剣を振る……？　な、何を言っているのかしら、貴女。確かに、素人剣士の遅〜い剣戟ならば、相手の動きを予測し、先手を打つ、そのようなこともできるでしょうけど……私は世界最速の【迅雷剣】なのよ？　この私の尋常ならざる速さの前で、『見切り』など……そんなこと、できるわけがないでしょう？　バカなの？」

「あ？　何言ってやがんだ。現に今さっき俺は、お前の剣を見切ってみせて……」

……そうか。

何故か、今さらになって気付く。

最初の一撃を抑えることに成功した後、くらいだろうか。

その後、奴の剣速を完璧に抑え込めていた、ということは……。

それはすなわち、俺が奴の速度を完全に超えたという事実に、他ならない。

「……ハッ」

戦闘中に髪紐が切れたのか。

俺は、ポニーテールが解け、いつの間にかユラユラと揺らめいていた自身の長い後ろ髪に指を通し、それを手で靡かせ、フワッと、空中に髪の毛を漂わせる。

そして、短く息を吐き出した。

「あぁ、そうか。そういうことか。俺はもう——テメェの速度を超えてしまったんだな」

「……は？」

「テメェが弱者をいたぶるのが趣味の変態で助かったぜ、ジェネディクト。何度も何度も治癒魔法を使って蘇生してくれたおかげで、こうして俺はこの身体の仕組みを理解し、以前の勘……いや、それ以上の力を得ることができたんだからよぉ。まったく、テメェには感謝してもしきれないぜ。なぁ？」

「何を……何を、言っているの？　何で、貴女、私に感謝しているの？　訳が分からない……訳が分からないわよ、オマエッ……!!」

突如、さらに距離を取るようにして、ジェネディクトは背後へと飛び退く。

そしてそのままこちらに掌を向けると、奴は呪文の行使をし始めた。

掌の前に魔力の揺らめきが見えることから、攻撃魔法を発動しようとしていることは明らかだ。

「魔法？　まさか、テメェ……」

「ンフッ、どうやら理解したようねぇ。貴女が賢い子で助かるわぁ」

俺は肩越しに背後へチラリと視線を向ける。

少し離れた場所――そこにいるのは、不安そうな顔でこちらの戦いを見守っている、ロザレナたちの姿だ。

まったく、最初から分かっていたことだが、とことん性根が腐った野郎だな。

最上位魔法……特級魔法を使って、俺もろともロザレナたちを吹き飛ばそうとするとは、な。

俺は呆れたため息を吐きつつ、まっすぐと剣を構える。

「仕方ねぇ。こうなったら、一か八かの賭けを――」

「雷鳴の如く轟け、【サンダーボール】!!」

「なっ!?」

ロザレナたちへ視線を向け、背後を窺った隙を突き、ジェネディクトは俺の右手首に向かって低二級雷属性魔法【サンダーボール】を放ってくる。

その魔法を躱すことができず、小さな電撃の球体は右手首に直撃し――その威力を殺しきれなかった俺は、そのまま背後へとダガーを弾き飛ばされてしまった。

徒手空拳となった俺の姿に、ジェネディクトは邪悪な笑みを浮かべる。

「フフフッ、おまぬけさん。これで、貴女に打つ手はなくなった。心置きなく、後ろの子供たちごと、貴女をぶっ殺すことができるわぁ」

「ちょ、それは流石に聞いてねぇぞ、オイ!!」

ジェネディクトがこちらに向ける掌の上に、先程の魔法とは比べられない程の電気の渦が集まっていく。

どうやら今度は本気で、俺たちを殺すために特級魔法のチャージを始めたようだ。

その光景に舌打ちをした後、俺は急いでロザレナたちの元へと駆けていく。

「おい、テメェら!! 何か、剣の代わりになる武器はねぇか!? 急げ!!」

「そ、そんな急に言われても!!、僕らは武器なんて何も持ってはいないよ!!」

「そ、そうよ!! 今まで牢屋に囚われていたのよ!? 武器なんて、ここにあるわけが――」

「ア、アネット!!　こ、これはどう!?　武器に使える!?」

ロザレナが俺に手渡してきたもの。それは、何の変哲もない、木製の箒(ほうき)だった。

ただの掃除用具でしかない、武器ですらない箒だが——生前のあの奥義を使用するのであれば、極論、棒状のものであれば武器の種類などは関係ない。

あの力が今の俺でも使えるのならば……理論上、箒でも使用できるはずだ。

俺はロザレナから箒を受け取り、ガキどもを守るようにして前に立つ。

そして箒をまっすぐと構え、ジェネディクトと対峙(たいじ)した。

そんな俺の姿に、ジェネディクトは大きな嘲笑の声を上げる。

「フッ、フフフフッ、ホッホホホホーッ!!　そんなただの箒で、この私の特級魔法を迎え撃つつもりなのかしらぁ?　愚策ここに極まれり、ね!!」

「うるせぇ。いいからさっさとかかってこいや」

「さっさとかかってこい、ですってぇ?　まったく、自分の力を過信しすぎるのはどうなのかしらねぇ、お嬢ちゃん?　私、これでも特一級魔術師(ウィザード)の力を持っているのよ?　分かってる?　この私が攻撃魔法を放ったら、そこの後ろのガキたちは、間違いなく……」

「テメェ如きに、この俺様がやられるわけねぇだろうが。いい加減、お前のその顔も見飽きたところだ。何をやっても俺を殺せないということを、ここで理解させてやる。長年の因縁(いんねん)に決着を付けるとしようぜ?　カマ野郎」

俺のその挑発の声を聞いた瞬間、ジェネディクトは顔面を憤怒の色に変える。

そして、こちらにまっすぐと伸ばした掌の中に、青白い光の渦を産みだし始める。

その光の渦はバチバチと火花を放ち始めると、突如、槍の形をした雷へと姿を変貌させた。

その光景に、背後のガキどもがゴクリと、唾を飲み込んで慄いている気配が感じられる。

そんな彼らに対して、俺は後ろを振り向かずに、大きな声で言葉を放った。

「そこで見ていろ、クソガキども。俺は……俺は絶対に、てめぇらを、守り抜く!! その瞬間をしっかりと、その眼に収めておけ!!」


「――射貫け、【ライトニング・アロー】」


そう、ジェネディクトが呟いた、その瞬間。

雷の槍が、青い軌跡を描きながら、こちらへ向かって射出される。

特二級魔法、【ライトニング・アロー】。

その威力は、鋼鉄を誇る龍の鱗を穿ち、最硬級鉱石であるフレイダイヤに鋭利な傷を付ける威力だ。

生身の人間が喰らって、存命できるレベルの魔法ではないのは明白。

だが、そのスピードはジェネディクト自身よりは遅く、今の俺なら余裕で回避できるレベルだった。

しかし――俺が今ここで避けたら、【ライトニング・アロー】はまっすぐと、背後にいるロザレナたちを容赦なく貫いていくことだろう。

だから、俺がここで行えることはただひとつ。

それは……【ライトニング・アロー】を、この箒を以てして迎え撃つことだけ。


「……ふぅ」


箒を上段に構え、瞼を伏せる。

意識を集中させる。

その時。ふいに、過去の情景が脳裏を過った。

◇　◇　◇　◇　◇

『――少年、君はこれから【覇王剣】と名乗ると良い』

そう口にして、切り株に腰をかけた男……我が師匠である『剣聖』は、フードの奥からニヤリと不敵な笑みを浮かべた。

　俺はブンブンと剣を振って修練を続けつつ、横目でそんな師匠にジト目を送る。

『【覇王剣】……？　なんだよ、それ。どういう意味なんだよ、師匠』

『読んで文字通り、覇王の剣だ。全てを斬り裂き、覇者となる。少年、君の剣はそういった剣だ』

『訳分からねぇよ、師匠。炎の剣を操るハインラインみたいに、【蒼焔剣】とか、分かりやすい名前を付けてくれよ』

『フフッ、少年、君は自分が特異な存在であることを理解しているのかな？』

『特異？　ええと……異質？　人と違うってことか？　変ってことか？』

『そうだ、少年。君の剣は、〝この世に在るものを何でも滅することができる〟、恐ろしい力だ。そして何処から来たのかも分からない、異質で、奇妙な力でもある。正直言って、剣聖である僕も今までこんな力は見たことが無くてね。とても困惑しているよ』

『いつもスカした態度取っている師匠を困惑させられるってのは気分が良いな。いいぜ、【覇王剣】。気に入った』

『そんなことで気に入られても困るのだが……まぁ、良い。アーノイック、何度も口酸っぱく君にはこう言ってきたが、これからもこれだけは心に留めておくと良い。力は――』

『分かっている。力は正しく使え、だろ？　強大な力は、使う人によって正義の英雄にも、邪悪な魔王にもなり得る。だから、強き者はけっして闇に堕ちてはいけない』

『その通りだ。君のその力は、この世界の摂理を変えられる程の凶悪な力なのだよ、少年。だから……だからどうか、祈らせてくれ。君の【覇王剣】というその名が、良き意味でこの世界に轟くことを。君のその力が、将来、君を孤独にしないことを――』

過去の情景を思い出した瞬間、胸の奥で歯車のような何かがカチリと動き出すような音が聞こえた気がした。

本気で剣を振ると決めた、この一瞬。

俺はいつも、この歯車の噛み合う音を聞くんだ。

何故、この音が聞こえるのか、その理由は何なのかは定かではないが――これは、俺が力を使う時の、前段階に起こること。

上段に剣を構え、全力を以て……剣を振り降ろす。

何百、何千、何万、何億も行ってきたその動作を以てして、俺の力は今ここに、発動する。

本気でこの世から消したいと思う対象が存在してこそ、【覇王剣】は発動に至るのだ。

この力に、生前は辟易したことが多かったが……今はただ、アネット・イークウェスとして、この力が使えることが分かって良かったと、そう思っている。

だって、ロザレナお嬢様や、後ろにいる何の罪もないガキたちを救うことができるのだからな。

彼女たちを救えるのであれば、何でも良い。

俺を孤独にした憎むべきこの力を以て、今俺は——ここで、自身に向かってくる悪意を討つ!!

◇　◇　◇　◇　◇

《ジェネディクト視点》

「——……は?」


理解できなかった。

いや、理解、したくなかった。

あのメイドの少女が、箒を上段に構え、振り降ろした、その瞬間。

私の放った【ライトニング・アロー】は、メイドの少女に到達する寸前で、露となって消えていった。

いや、それだけのことなら、まだ理解ができる。

何故なら、魔法をリジェクトした可能性だけなら、想像の範疇(はんちゅう)で考察することができるからだ。

発動した魔法の消去……反・魔法無効化耐性を持った最上級魔道具(エピック・マジックアイテム)を装備していたか、あのメイドの少女自身に魔法無効化の加護、もしくは召喚した精霊に身を守らせていたか……等々、魔法を無効化する力だけで言えばこの世界にはごまんとある。

だが……遠く離れていた場所で、ただ箒を上から下に振り降ろしただけで――この私の胸に斬り傷を付けたのは、いったい、どういう原理なのかが理解できなかった。

それも、斬撃耐性の最上級魔道具(エピック・マジックアイテム)を身に着けるこの私に……これほどまでの鋭利な傷を付けることができるなんて……そんな力、聞いたこともない。

可能性があるとすれば、とっくの昔にくたばった、あの忌まわしき『剣聖』の力だけだが……。

あのような逸脱した者の力を、こんな幼い少女が持ち合わせて良いはずがない。

だって、恐らくあの力は、数々の屍(しかばね)を越えて修羅となった者にしか持ちえない、死体の山を重ねた者にだけこそ得られる逸脱者の力だからだ。

「――へぇ？　こりゃ驚いた。俺の本気の一太刀を受けて、その程度の傷で済んでいるとはな。果たして、お前の武装が防御力に特化していたからなのか、将又(はたまた)、俺のこの身体(からだ)の筋力がこの力についていけなかったからなのか……理由は分からないが、こんなことは初めてだな」

そう言って、土煙の中から、メイドの少女が姿を現す。

彼女のその目は、私に嬲(なぶ)られていた時と一切変わらない。

ただこちらをまっすぐと見据えて、箒を肩にのせて……地の果てまで追って、絶対に仕留めてやるという、狂人じみた覚悟のこもった目をギラギラと輝かせている。

そうか。ようやく、理解した。

この少女は、あの男にそっくりなんだ。

私が生涯で最も恐れ、そして最も畏敬を抱いた剣士、『剣聖』、アーノイック・ブルシュトロームに。

あの男が生きている間、私は恐怖で眠れない日々を何十年と過ごしてきた。

いつ、あの男が目の前に現れて、私の首を切断してくるのか分からなかったから。

あの男の目が、異常なまでに澄んだあの漆黒の瞳が、恐ろしくてしょうがなかったから。

……なるほど。だから、か。

この少女に、私が恐怖を覚えてしまった理由。

あの瞳に宿る狂気が、あの化け物と同じなんだ。

だから私は、何度も向かってくるこの少女に、恐怖を抱いていたのか……。

得心(とくしん)がいった。

するとその瞬間、怒りの感情が消え失(う)せ、心の中に彼女に対する敬意の感情が生まれる。

敵(かな)わない相手に挑み続け、勝利を得た……その高潔な剣士としての在り方に、私はいつ

の間にか、大昔に忘れたはずの騎士の心を取り戻していた。

　彼女のその姿に、いつの間にか畏敬の念を抱いていた。

「ゲホッ、ゲホッ……」

　突如、口から大量の血液が零れ落ち、石畳をドボドボと紅く染め上げていく。

　そして、直後、視界が霞んでいく。

　まぁ、無理もない、わね……この胸の傷、明らかに肺に到達している様子なのは分かっていたからねぇ……。

　最早、まともに立っているのも、限界、か。

　何とか意識を保ちつつ、私は胸を押さえ、少女に笑みを向ける。

「……貴女、名前、なんて言ったっけ？」

「アネット・イークウェス」

「そう……アネット、ね。貴女、この私を仕留めたこと、褒めてあげるわぁ」

「ハッ、テメェもガキ売っぱらってメシ喰ってるクズ野郎のわりには、中々強かったぜ。この俺の全力の一太刀で立っていられた奴はお前が初めてだ」

「ンフッ、わ、私は、ただ単にアイテムで自分を強化していただけよぉ。な、生身で貴女と戦ったら、さっきの一太刀で、私は貴女に真っ二つにされて殺されていたことでしょうからねぇ……」

「前から気になっていたが……テメェ、それだけの腕があって何故、悪事に手を染めた？

バルトシュタイン家から追放されたのなら、冒険者で食っていけばよかっただけだろう」

「弱者を痛ぶるのが好きだからよぉ」

「嘘つけ。お前は最初、聖騎士団団長だった頃、そんなんじゃなかっただろ。騎士として、自分に誇りを持っていた奴だっただろ」

「わ、私のこと、何も知らないくせに、よくもそんな適当なこと言えるわねぇ……でも、そうね。大人には色々あるってことよ。まぁ、貴女はまだ子供……そのうち、大きくなったら、理解できる……かも、ね……」

ドサッと、音を立てて、私はその場に倒れ伏す。

意識を失う寸前——脳裏に浮かんだのは、幼少の頃の記憶。

バルトシュタイン家の離宮で、私の顔を美しいと褒めてくれた……黄金の髪の森妖精族の……母親の姿だった。

◇　◇　◇　◇　◇

《ロザレナ視点》

「……綺麗」

あたしはただ、その姿に見惚れてしまっていた。

揺れる長い栗毛色の髪の毛。

まっすぐと前を見据える、澄んだ青い瞳。

あたしと背丈が変わらない小さな身体なのに、その背中から放たれる気配は、まるで歴戦の戦士の貫禄。

そして、幼いながらも何処かに気品と美しさが宿っている佇まいと、その気高さとは相反している、力強さがある荒々しい気配。

彼女のその中性的な不思議な様相に、あたしは思わず見惚れて、言葉を失ってしまっていた。

「……よっと」

メイド服の少女、アネットは、箒の切っ先に付いた砂埃をヒュンと振って振り払うと、凛とした表情のままこちらへと振り返り、あたしたちの元へと戻ってくる。

彼女のその強者然とした堂々とした姿は……あたしが病床の時、ベッドの上で夢想し憧れていた伝説の『剣聖』そのものと言えるだろう。

——歴代最強、無敗の『剣聖』、【覇王剣】アーノイック・ブルシュトローム。

彼の前に立つ者は総じて灰塵と成り果て、彼の振るう剣の後には必ず巨大な斬撃痕だけが残される。

最初、この言い伝えを本で読んだ時、過去の英雄である彼を持ち上げるための大袈裟な脚色を付けた、過大すぎる評価だと思っていた。

だって、海も山も大地も斬り裂くことができる剣士だなんて……そんなもの、御伽噺の中だけの存在だって、幼いあたしでも流石に理解できていたから。

でも……そのあり得るはずがない伝説の存在が、目の前には、いた。

ジェネディクトと名乗った男が倒れた、その廊下の先。

彼が立っていた位置からその先は……全てのものが破壊され、瓦礫の山の世界だけが広がっていた。

天井が崩落したのか、廊下の向こう側を見上げると、眩しい太陽の光が眼に突き刺さる。

正直、意味が分からなかった。

何故、ただのメイドの少女であるアネットが、箒の一太刀でこのような景色を生み出せたのだろうか。

通常の剣術とは逸脱したその力の異質さが、魔法でも成し得ないであろう破壊の光景が、全くもって理解できなかった。

だけど……困惑より先にあたしの胸中に宿ったその感情。それは、深い憧れの感情だった。

（世界全てを斬り裂くことができる、『剣聖』、アーノイック・ブルシュトローム、か）

そんな、圧倒的な強者に、かつてのあたしは憧れていた。

だけど、今この時、あたしが目指すものは……あたしが本当になりたい人は……『彼』から『彼女』へと変わってしまっていた。

「アネット・イークウェス……」

最初は毒舌で口が悪いだけの、ただの生意気なメイドだと思っていた。

使用人のくせに初対面であたしの夢を真っ向から否定してくるし、第一印象からして、大人びた性格をしていて、何処かいけ好かない雰囲気を漂わせていた。

同い年なのに、まるであたしのことを妹のように見てくるきらいがあったし……とにかく、屋敷に帰って来てからというもの、あの子とは上手くやっていける自信がまるで無かった。

でも……。

でも、あの子は、家を抜け出して冒険者ギルドに行った、あの時。

あの子は、あたしを責めなかった。

みんなに迷惑を掛けたというのに、怒られて当然のことをしたというのに。

家出したあたしを、よく頑張ったね、と、何故か頭を撫でて褒めてくれた。

そして、奴隷商人に捕まってから今に至るまでも……あの子は、ずっとあたしのことを身を挺して助けようとしてくれていたんだ。

同じ歳の、幼い女の子だというのに。

恐怖の色を一切見せずに、ただ前だけを見つめ続けて、あたしの手を握って引っ張って行ってくれた。

振り返って見ればあたしは、アネットと出会ってから、あの子に迷惑を掛けることしかしていない。

アネットがいてくれたからこそ、今あたしはこうして、五体満足でこの場に立つことができているんだ。

だというのに、あたしは、彼女に何かしてあげられていただろうか？

あたしは……何もできていない。

ただ怯えるだけで、アネットの背中を見つめていることしかできなかった。

アネットに対して好意を持っているからこそ、彼女の何の助けにもなっていない弱い自分が情けなくて仕方ない。

とても、悔しくて仕方がなかった。

アネットが傷付かなくても良いように、あたしも、彼女と一緒に戦いたかった。

「本当……アネットが男の子だったら良かったのにな」

彼女が男の子だったのなら、あたしはまず間違いなく、一瞬で恋に落ちていたことだろう。

そうしたら、アネットをレティキュラータス家の婿養子にして、お礼にこの可愛いあたしをお嫁さんにしてあげて、尚且つ貴族の家の当主にしてあげて……一緒にこの家の復興を目指したというものを……。

本当に、残念だ。

「いや……最早性別など関係ない、わね」

そうね。

もう、自分の感情は隠さずに認めてしまおう。

あたしは、アネットが好きだ。

アネットの横に立てるような人物に、あたしはなりたい。

伝説の『剣聖』アーノイック・ブルシュトロームではなく、今のあたしは、目の前のあのメイドの少女の隣に立てる人物に……あの子と対等な存在に、なりたいのだ。

勿論、お家復興のことは忘れてはいないけれど……今は何よりも、弱い自分が、悔しくてたまらなかった。

アネットが傷付かなくても良いように、あたしも強くなりたい。

彼女の隣に相応しい自分になれるように、剣の腕を鍛えたい。

あたしは——ただ、強くなりたい。あの子の姿を見て、そう、強く思った。

◇　◇　◇　◇　◇

「勝った……」

戦闘中、終始強気な態度を取り続けてはいたが、正直、勝てるとは思っていなかった。

ジェネディクトが俺との剣戟（けんげき）を止（や）め、特級攻撃魔法【ライトニング・アロー】を放った、あの瞬間。

俺は内心、終わったと、そう思っていた。

何故なら今の俺に、城の外壁を破壊する力を持つと言われる特二級魔法を止める手段は何も持ち合わせてはいなかったからだ。

回避すれば背後のロザレナたちが死に、立ち向かえば、雷の槍（やり）に直撃し俺は焼け焦げて炭となる。

距離を取られ、攻撃魔法の態勢を取られた時点で、こちらの敗北は必至な状況だった。

だから、俺は——賭けに出るしかなかった。

生前の俺の最強の奥義であった、【覇王剣】。

アレを、一（いち）か八（ばち）かで放つしか……あの状況を打破できるような手段が見つからなかったのだ。

それも、【覇王剣】を今の俺、アネット・イークウェスが使えるかどうかも分からない状況下で、だ。

まったく、生前から博打事は好きだったが、こんな命を懸けた賭け事には金輪際手を出したくはねぇな。

生きるか死ぬかの場面で、発動できるかも分からない剣技を使わざるを得ないなんて、心臓がいくつあっても足りはしない。

俺はハァと大きなため息を溢し、ロザレナたちの元へと歩みを進める。

すると目の前には、ポカンと口を開け、呆然と俺を見つめているガキどもの姿があった。

まぁ、いきなりあんな大技をただのメイドの少女が使っちゃ、そんな顔にもなるか。

くそ、面倒だな。後で何か言い訳を考えておかなきゃならねぇかな、これは。

「……アネット」

ぽつりと口を開くと、ロザレナは瞳孔の開いた目でジッとこちらを見つめてくる。

俺はそんな彼女に対して、首を傾げ、にこりと優しく微笑みを向けた。

「はい。お嬢様。何とか、倒すことができましたよ」

「……」

何故か無言で俯くロザレナ。

「あの、お嬢様？」

俺がそう疑問の声を掛けると……ロザレナは顔を上げ、大粒の涙を溢しながら、俺の元へと駆け寄って来た。

「アネットぉぉぉぉぉぉぉぉぉぉ!!」

そして大きく叫び声を上げると、ピョンと大きく跳躍し、彼女は俺の胸の中へと盛大に飛び込んでくる。

思いっきり胸に頭を擦り付けてきて、ロザレナは背中に手を回し、力いっぱいに抱き着いてきた。

まるで生き別れた恋人に再会したかのような……そんな熱のこもった抱擁だ。

俺は、今まで見たことのなかったお嬢様のその姿に、思わず困惑の声を溢してしまう。

「ロ、ロザレナお嬢様っ!?」

倒れないように踏みとどまりながら、彼女の背中に腕を回し、何とか抱き留める。

チラリと見えた彼女のその横顔は、敵の親玉が倒された喜びではなく、俺の身を案じる心配げな気配が多分に漂っていた。

「アネット!!　あたし、貴方が何回も何回も瀕死の状況に陥る度に、いつか死んじゃうのかと思って……ずっと、ずっと、怖かったんだからぁっ!!」

「そう、だったんですか……申し訳ございません。心配をお掛けしてしまいましたね」

「グスッ、ひっぐ……あたし、貴方が傷付くのなんて見たくないぃ……ただ指を咥えて、貴方が血だらけになっている姿を傍から見ているだけなんて……そんな、自分が痛い目に遭うよりも嫌なこと、もう味わいたくないぃ」

「お嬢様……」

「うぅぅ……アネット、あたし、絶対に強くなるわ。強くなって、貴方が傷付かなくても良いように、剣の腕を鍛える！　いつかアネットの隣に立てるような、そんな強い剣士にあたしはなりたいのっ！」

「フフッ、お嬢様ならできますよ。私が保証します」

そう言って、俺はロザレナの背中をポンポンと撫でる。

すると彼女は頰を染め、えへへと、可愛らしい笑みを俺に見せてきた。

「本当？　あたし、頑張るね！　アネット！」

「はい。お嬢様の成長……とても、楽しみに……して、おりま……」

「アネット？　ちょ、ちょっと⁉」

突如身体から力が抜け、ロザレナに覆いかぶさるような体勢になってしまう。

この少女の……アネットの身体で随分無理をしたせいだろうか。

俺の身体はもう、限界に近かった。

今までは火事場の馬鹿力で動けていただけで、この身体は元々十歳の幼い少女の身だ。

それを、生前の肉体を動かしていたノリで操ったら、そりゃあ、ぶっ壊れるのも当然というワケだ。

これは……この後、まともに身体を動かすことは叶いそうもないな。

でも、今は何とかして、意識を保っていなければならない。

だって、俺はまだ……お嬢様を無事に屋敷へ……帰してないんだか、ら……。

ここはまだ敵地……俺がいなきゃ、ガキども、は……。

くそっ！　もう、まともに思考することも叶いはしねぇな！

こいつは、少し……仮眠を、取らない……と……。

「お嬢様……申し訳ございません。少しばかり、休息、を……何かあったら、すぐ、起こして……くだ、さ……」

「ええ。……よく、頑張ったわね。今は休みなさい、アネット」

そう、ロザレナに労い（ねぎら）の声を掛けられ、俺は頭を優しく撫でられる。

こうして、幼い少女の腕の中で——俺は意識を手放したのだった。

◇　◇　◇　◇　◇

《ロザレナ視点》

「アネットさんは、その……大丈夫なのかな？」

背後から、恐る恐るといった様子で、グライスがあたしにそう声を掛けてくる。

あたしはアネットを優しく抱き竦（すく）めると、肩越しに彼らへと視線を向けた。

「多分、眠っているだけだと思うわ。苦しんでいる様子は見られないもの」

「そっか。それなら良かったよ……」

そう言って、ホッと、安堵の息を吐くグライス。

そんな彼の横で、未だ呆然としている様子のアンナが、眼をまんまるとさせながら口を開いた。

「いや、アネットちゃんが無事なのは良かったよ？　それは勿論、良かったんだけど、さぁ」

そう口にして、アンナはあたしが抱き留めているアネットの頭部へと視線を向ける。

「それよりも、その子、いったい何者なのよ？　だ、だって、傍から見ていて、本当に意味が分からなかったわよ？　そこで伸びている男の人を倒した時なんか、特にさぁ!!」

その言葉に、ブンブンと頭を縦に振って、ミレーナも肯定の意を示す。

「う、うちも、アンナさんと同意見です。だって、どう見てもアネットさんの剣の腕は……普通じゃありませんでしたから」

「そうか？　あのオカマの人が弱かったってだけなんじゃないのか？」

「ギーク、流石にそれは無理があるでしょ。だって、子供である私たちが見ても、どう見てもアレは達人同士の戦いだって分かる戦闘だったわよ？」

「そ、そうです。剣の影が無数になって消えては現れて、消えては現れてを繰り返していたのを、アネットさんが華麗に避けていたのを見た時には……正直、開いた口が塞がりませんでした……」

「そうだね。確かに、アネットさんが子供とは思えない程、異常な強さを持っていたことだけは事実だ。でも……」

そう言ってグライスは、廊下の向こう側――瓦礫の山の上へと、静かに視線を向ける。

「でも、今は、ここから逃げ出すことが先決じゃないのかな。アネットさんが決死の想いで開けてくれた道に報いるためにも、ね」

「逃げるたって……逃げ道、瓦礫で塞がれてしまっているじゃない。どうするのよ？」

「あの瓦礫の山を登っていけば、地上へ出られると思うよ。ちょっと、傾斜が急だけれど……僕たちでも何とかして、登れなくはない高さだ」

「うん。あたしは賛成かな。早くアネットを安全なところで休ませてあげたいし。こんなところにいて、また奴隷商に捕まりでもしたら、この子に合わせる顔がないもの」

「そうだね。うん、その通りだ。じゃあ……僕がアネットさんをおぶって瓦礫を登るよ。君じゃ、彼女を抱えてこの瓦礫の山を登るのは大変だろう？」

そう、グライスが近付き声を掛けてきた瞬間、あたしは思わずアネットを渡すまいと強く抱きしめ、彼を思いっきり睨みつけてしまった。

「え？　ええと……どうしたのかな？」

「……別に、なんでもないわ。とにかく、あたしがアネットを運ぶから。大丈夫だから」

「そ、そう？　キツそうだったらいつでも言ってくれて良いからね？」

そう言って、困惑した表情のグライスは、瓦礫へと向かって歩みを進め始めた。

あたしは、何となく、彼に――男の子に、アネットの身体に触れて欲しくはなかった。

これは、嫉妬、なのだろうか。

だって、結構顔立ちが整っている方のグライスと、素朴だけど美しい顔をしているアネットが一緒に居たら……それだけでも絵になりそうで、何となく嫌だったから。

万が一にでも、アネットが自分を助けてくれたグライスに惚れたらと思うと……胸の奥がギュッと締め付けられたように痛くなる。

これが、恋、というものなのかしら。

今まで誰かを好きになったことなんてないから、分からないわ。

「フフフ、そんなに好きなのね、アネットちゃんのことが」

隣からアンナがそう、茶化すように言ってくるが……あたしはそれを無視して、アネットを一旦地面に降ろし、背中に背負い直す。

思ったよりもアネットの身体は軽かったため、これなら少しの間だけなら何とか運ぶことができそうだ。

そうしてそのままグライスの後を、みんなと一緒に追おうとした――その時だった。

「おい、待てよ。お前らまさか……俺の存在を忘れているのか？」

その瞬間。

首に付いていた首輪から強烈な電撃が放たれ、あたしたちはそのまま地面に膝を付けて、倒れ伏してしまった。

全身に走った針で突き刺すような痛みを何とか堪え、あたしは背後へと視線を向ける。

するとそこには……ジェネディクトの部下である、黒装束の男が立っていた。

男は苛立った様子であたしの元に近付いてくると、背中におぶっていたアネットの脇腹を乱暴に蹴り上げた。

「アネット!!」

あたしの隣に倒れるアネット。そんな彼女の身体に目掛け、男は苛立ちを込めて強烈な蹴りを放っていく。

「ったく、何なんだよ、このガキは……。まさか、ボスがこんな使用人のガキに負けるだなんてさ……いったい誰が予想できることだよ？　こんなことが、よぉ!!」

「やめてっ!!　アネットを蹴らないで!!」

「はは、ジェネディクト・バルトシュタインは、『剣聖』と同等の実力を持った人間なんだぞ？　なのに、何なんだよ、何なんだよこれはよぉっ!!」

そう口にして、男はアネットの髪を掴み上げると、怒声を放ち始める。

あたしはアネットに危害を加えさせないように、男の足に飛びつくが……そのままみぞおちを蹴られ、あっけなく地面に横たわってしまった。

「ゲホッ、ゴホッ……」

苦し気に咳き込むあたしをつまらなそうに一瞥すると、男は宙に浮かせているアネットの顔へと再び視線を向ける。

そして、引き攣った笑みを浮かべ、開口した。

「王国では数百年周期で、時折、生まれながらにして人の領域から逸脱した怪物が誕生すると、帝国のジジイどもに教えられてはいたが……まさか、こいつも【覇王剣】同様、『剣聖』になるべくして誕生したイレギュラーな存在だった、ってことなのか？　だったら……」

そう呟き、男は腰に付いた鞘から剣を抜き放つ。

そしてその剣の切っ先を、アネットの喉元に宛てがった。

「ここで処分しておいた方が、この先のためだな。『蠍』に牙を向けたこと、ここで後悔しやがれ、イレギュラー」

「だ、駄目ッ!!　やめてぇぇぇぇぇぇぇッ！！！！」

あたしは必死の形相で、叫び声を上げる。

あたしのその悲鳴に、男が笑みを浮かべ、アネットの首に剣を突き刺そうとした——その時だった。

突如、黄色い閃光が目の前に現れ、軌跡を描きながら、男の腕を真っ二つに両断した。

目の前に落ちていく、剣を握ったままの自身の右腕の姿に、瞠目して驚嘆する男。

だが、痛みに叫び声を上げる隙も与えずに、その『閃光』は男の首元に手刀を当てると、即座に彼の意識を奪ったのであった。

「……大丈夫ですか？」

何処か感情が宿っていないような……その冷淡で透き通った声に、あたしは思わずポカンと口を開けて呆然としてしまう。

あたしの前に威風堂々と立っているのは、耳の長い、黄金の髪の森妖精族の少女。

昔、王都の祭典か何かで見たことがあっただけで、こんなに間近で見たのは初めてのことだが……間違いない。

この少女は、あたしが目指す道の頂に立つ剣士であり、いずれ必ず倒さなければならない相手だ。

現『剣聖』、【閃光剣】リトリシア・ブルシュトローム。

あたしがいずれ越えなければならない頂点の姿が、そこにはあった。

◇　◇　◇　◇　◇

「ふわぁ……んんー……って、あ、れ？」

目が覚めると、俺は、レティキュラータス家の——使用人の部屋である、自室のベッドの上にいた。

大きく欠伸をした後、寝惚け眼を擦りながら、ゆっくりと上体を起こしてみる。

すると、ベッドの方へと向けられた小さな椅子に、ロザレナが座っていたことに俺は気が付いた。

「お嬢様……」

ロザレナは俺の手を握りながら、こっくりこっくりと頭を前後に揺らして船を漕いでいる。

その様子から察するに、俺が寝ている間、ずっと看病をしてくれていたのだろう。

一介の使用人でしかない俺を、主人である貴族のご令嬢が付きっきりで看病する。

それは、この国の貴族ではけっしてあり得ない行為だ。

王国貴族は、使用人が病に臥せようが怪我をしようがそんなものは関係無しに、下働きの者を酷使する傾向にある。

『剣聖』であった頃、俺は、貴族によって使い捨てられてきた使用人の姿を何度も目撃したことがあった。

彼らにとって、身の回りの世話をする掃除夫や料理婦は、ただの道具でしかないのだ。

故に、道具が壊れれば使い捨てて、新しい道具を購入すれば良いという考えを大抵の貴族は抱いている。

だから……だからこそ、この家の、レティキュラータス家の貴族としての在り方は、俺の目には非常に好感触に映っていた。

生前に見てきた傲慢な貴族たちには無かった、権力を持っていても失われていない、優しい心根。

その温かさに、俺は思わず破顔してしまっていた。

「フフフ、本当にお優しいのですね、お嬢様は」

クスリと笑みを溢しながら、感謝の気持ちを込めて、固く握られたロザレナの手の甲を優しく撫でてみる。

すると、その感触に驚いたのか。彼女はビクリと肩を震わせると、顔を上げ、俺の方へと勢いよく視線を向けてきた。

「……アネット？」

「あ、起こしてしまいましたか？　申し訳ございません、お嬢様」

「アネット!!　目が覚めたのねっ!!」

ぱぁっと、華が咲いたように満面の笑みをこちらに向けてくるロザレナ。

そんな彼女に、俺も同じようにして目を細め、優しく微笑みを向ける。

「お嬢様がこの御屋敷に戻って来られたこと、本当に嬉しく思います。何処もお怪我はありませんよね？」

「あたしは大丈夫よっ!!　見ての通りっ!!」

そう言って力こぶを作って胸を張るロザレナ。

その様子から見て、何処も怪我をしていないというのは本当のようだ。

身振り手振り元気さをアピールするロザレナのその姿に、俺は思わず安堵(あんど)の吐息を吐いてしまう。

「本当に、本当に安心しました。蠍の奴隷商団(スコーピオニウス)の首魁(しゅかい)を倒した、あの後。私は意識を失ってしまいましたからね。お嬢様の身に何かあったらと思うと、気が気ではありませんでしたよ」

「もう！　あの後は、あたしよりもアネットの方が危険な目に遭っていたのよ？　人の心配ばかりではなく、少しは自分の心配もしてよね！」

「私が危険な目に、ですか……？」

「うん。アネットがあの怖い人……ジェネディクト？って、奴(やつ)を倒した後。あいつの部下がアネットを殺そうとしてきたのよ。寝ている貴方(あなた)の首元に剣の切っ先を押しつけてね」

「ジェネディクトの部下……あ、あぁ、はい、確か、お嬢様たちの背後から現れた、もう一人の蠍の団員がいましたね。……すっかり忘れていました」

ジェネディクトにばかり意識が持っていかれていて、あの場にもう一人敵がいたことをすっかり失念してしまっていた。

ジェネディクト以外は単なる雑魚(ざこ)だとしても、俺が意識を失えば、そこにいるのはただの幼い子供たちだけだ。

大の大人の男であれば、幼い少年少女を殺すことなど造作もないだろう。

これは……かなりのミスをしてしまったな、俺は。

かつては王国最強の剣士だったというのに、討伐対象の確認を怠っていたとは、何とも情けない話だ。

というか……ん？　待てよ？

何で、そんな絶体絶命の窮地に陥って尚、俺は、今……生きているんだ？

「……あ、あの、お嬢様。それで、その後、いったいどうなったのですか？　お嬢様たちが私を助けて逃げてくれた……という訳ではありませんよね？」

「うん。悔しいけれど、貴方を助けたのはあたしでもグライスたちでもない。貴方を助けたのは……『剣聖』よ」

「へ？」

その後の顛末を聞いた俺は、いつの間にか自分が知らぬ間に……かつての愛弟子と再会していたことを、教えられたのだった。

◇　◇　◇　◇　◇

《ロザレナ視点》

時は、『剣聖』の森妖精族(エルフ)が黒装束の男を倒し、アネットたちを救った頃に遡る。

『――聖騎士の皆さんは、このままアジトの中枢へと侵攻を進めてください。勿論(もちろん)、残りの残党には十分な注意と警戒を怠らないようにしてくださいね』

『剣聖』の少女がそう声を発した、その瞬間。

五、六人程の白銀の甲冑(かっちゅう)を着た騎士たちが、ゾロゾロと瓦礫(がれき)の山を下って、地下へと姿を現した。

彼ら騎士たちは『剣聖』の少女の横を通過すると、まっすぐと、暗闇が続く廊下の向こうへと去っていった。

その姿を静かに見送ると、『剣聖』……リトリシア・ブルシュトロームは、小さく息を吐き、地面に横たわるアネットの首元に手を伸ばし、触れる。

『……かなりの疲労の気配が感じられますが、身体的には別段、問題は無さそうですね。このメイドの少女は貴方のお友達でしょうか？　紫色の髪のお嬢さん』

そう言って、リトリシアはあたしの顔へと大きな碧眼(へきがん)を向けてきた。

王国最強の剣士に向けられたその視線に、あたしは思わずゴクリと唾を飲み込みながらも、平静を保ちつつ口を開く。

『彼女は……アネットは、あたしの大切なひ……メイドよ。あたしの名前はロザレナ・ウェス・レティキュラータス。栄えある剣聖の開祖、レティキュラータス家の末裔(まつえい)よ』

『レティキュラータス……あぁ、あの四大騎士公の、ですか』

『えぇ、そうよ。だから、我が家名に懸けて、彼女を手厚く保護して貰(もら)えると助かるわ』

『……そうですか。了解致しました。では、後から合流する手筈(てはず)の聖騎士の治癒術師(ヒーラー)に、彼女のことを診て貰うように言っておきましょう』

そう言うと、『剣聖』はアネットを優しく介抱する……なんてことはせず、道端の石ころのようにアネットを素通りし、奥で横たわるジェネディクトの元へと歩みを進めた。

『ちょ、ちょっと!?』

全身擦(す)り傷だらけの少女を無視するという、その『剣聖』にあるまじき行為に、あたしは思わず声を荒らげてしまう。

だが、彼女はあたしの声を気に留める様子も見せず。

倒れ伏すジェネディクトの胸の斬り傷と彼の背後に続く瓦礫の山に、ただただ興味深そうに交互に視線を向けていくだけだった。

『……最上級魔道具(エピック・マジックアイテム)を持つジェネディクト・バルトシュタインに、ここまでの傷を負わせる相手……それも、この斬撃痕を見るに、一太刀、で、ですか。ふむ。何とも理解し難い状況ですね』

ブツブツと、独り言を呟き出すリトリシア。

彼女であれば……『剣聖』であれば、治癒魔法はおろか、当然魔法薬液の類は常備していることだろう。

それなのに何故、後から来るという聖騎士に任せて、この人はアネットのことを放置しているのだろうか。

そんな彼女の姿に、あたしは怒りの感情を抑えることができなかった。

『貴方、ねぇ!! あたしのメイドを放置するなんて、いったいどういうつもりなの!?』

その怒声に、リトリシアはジェネディクトに視線を向けながら、静かに答える。

『先程申し上げませんでしたか？ 別段、身体には問題は見当たらない、と』

『問題はない、って……倒れている幼い子供を介抱もしないっていうの、貴方!? それでも剣聖なの!?』

『私は剣聖として、合理的な行動を取っているまでのことです。それよりも……ロザレナと言いましたか？ 貴方、このジェネディクトを倒した相手が誰なのか分かりますか？』

『……そいつを倒した人が誰かを答えたら、アネットに魔法薬液を使ってくれるのかしら？』

『そうですね。魔法薬液も安いものではないのですが……まぁ、良いでしょう。今は、新たな脅威となる存在をいち早く見つけるのが、最優先すべき目的のひとつですから。約束しましょう』

『そいつを倒したのは……アネットよ』

『……は？』

今まで感情の起伏が感じられない無表情な顔で言葉を発していたリトリシアが、突如その顔を困惑の色に染めて、素っ頓狂な声を漏らす。

『アネット、というのは……貴方が今抱きかかえている、その人族(ヒューム)のメイドの少女のことですよね？』

『そうよ。あたしのメイドであるこの子が、そいつを一太刀でぶった切ったの』

『……』

あたしのその言葉に、リトリシアは眉間を押さえて、大きくため息を溢す。

そして、こちらに対して興味を無くしたのか、再び横たわるジェネディクトへと視線を向け始めた。

『……ふぅ。子供に真剣に聞いたのが、間違いでしたかね。魔法薬液(ポーション)一本のために、まさかここまで見え透いた嘘(うそ)を吐(つ)かれるとは……思いもしませんでした』

『はぁ!?　嘘なんて吐いてないわよっ!!　アネットがその男を倒したのっ!!　しかも箒(ほうき)でっ!!　そっちにいるグライスたちも見てたものっ!!　ねぇ!!』

あたしのその声に、グライスたち四人はうんうんと頷(うなず)く。

だが、リトリシアはもうあたしの声に耳を貸すことはやめたのか——その後、彼女があたしに対して反応を示すことは一切なかった。

◇　◇　◇　◇　◇

「それで、その後、遅れてやってきた聖騎士の別動隊に保護されたあたしたちは、適切な治癒をされた後、それぞれの親元に帰された、って訳」

「なるほど。突如現れた『剣聖』様のおかげで私たちの命は救われた、と。私が眠っている間にそのような事柄が起こっていたのですね」

そう口にすると、ロザレナは唇を尖らせ、不満げな顔を露わにする。

「あたし……あの『剣聖』の森妖精族、大っ嫌いだわ。結局アネットを介抱してくれなかったし、本当のことを言っても人を嘘吐き呼ばわりするし。あんなのが今の『剣聖』だなんて、許せないわ」

「あ、あははは……リティ、リトリシア・ブルシュトローム様は、ものごとを全て合理的に思考される方ですからね。確かに、真っ直ぐな性格のロザレナお嬢様とは、相性が悪いのかもしれません。でも、根は悪い子じゃないのですよ？　あの子も」

「……ふぅーん？　アネット、どうやらあの性悪剣聖のことを随分とよく知っている感じなのねぇ？　もしかして、過去、何処かで交流があった、とかかしら？」

何故か眼を細め、静かに怒りの形相を浮かべるロザレナお嬢様。

あー、多分、リティを擁護する発言をしたのが気に入らなかったんだろうなぁ。

でも、俺にとってリティもロザレナもどっちも大事な娘のような存在なので、喧嘩は切に止めて欲しいです、おじちゃんは。

「ロザレナお嬢様、お部屋に入ってもよろしいでしょうか？」

控えめな数回のノックの後、扉の向こうからマグレットの声が聴こえてきた。

その声に、ロザレナは一言「大丈夫よ」と答え、マグレットを俺の部屋へと招き入れる。

「お嬢様、失礼致します。そろそろ、看病を交代致しましょう。お嬢様も今朝から随分とお疲れになられているはずです。ですから、もうそろそろお休みに――」

部屋に入ってきたマグレットは、俺が起きている様子を見て、眼を見開く。

俺は彼女の次に取る行動――お嬢様を危険に晒してしまったことについて、説教されるであろうことを事前に予測して、思わず身構えた。

だが――。

「……よく、よく無事だったね、アネット……」

あの、口を開けば怒声しか飛ばさなかった、クソババアが。

いつも眉間に皺を寄せて、俺を睨んでいた、あの祖母が。

瞳に涙を溜めて、ベッドの傍まで近寄ってくると、何故か俺の手を……強く握りしめてきたのだった。

「お婆様……？」

「……本当に、本当にお前さんが無事で良かった。良かったよっ……！」

そう言って、産まれてからこの方、今までに一度も見たことがない優しい微笑みを見せてくるマグレット。

その姿を見て、俺も何故だか自然と、眼の端から大粒の涙を溢し始めてしまっていたのだった。

「あ、あれ？　おかしいな、あれ？」

今までの人生――生前のアーノイック・ブルシュトロームの記憶を思い返してみても、今まで俺は、このような涙を流したことは一度も無かった。

義姉を亡くした時に悲しみで涙を溢したことは一度だけあったが、このような……何とも形容しがたい、暖かい気持ちによって涙を流すということは、初めての行為だった。

幼い頃に、家族という存在に、愛情に、強い憧れを抱いていたせいだろうか。

今になって俺は、初めて向けられ、初めて知ることができたその家族の愛情に、止めどない涙を抑えることができなくなってしまっていた。

「……フフッ。マグレットさんが来たことだし、あたしは自室に戻るわ。ゆっくり休むのよ、アネット」

そう言うと、ロザレナは涙を流す俺にウィンクをし、部屋から出て行った。

後に残されたのは、俺とマグレットの二人だけだ。

今までこの祖母とは、メイドの仕事のことでしかまともに会話をしてこなかった。

だから、彼女が初めて見せてくれたメイド長の顔ではなく、アネット・イークウェスの祖母として見せたその顔に、俺はいったいどう接すれば良いのか分からなくなっていた。

「あ、あの、お婆様……」

「今まですまなかったね、アネット」

「……え？」

「私は、レティキュラータス家のメイドとして教育することでしか、お前さんとの距離を計れなかった。亡くなった娘そっくりのお前さんと向き合って話すのが……兎にも角にも怖かったんだよ。笑えるくらいの臆病でね。お前さんと真剣に対話を試みることから、逃げていたのさ」

「？　いったい、いったいそれはどういう意味なのですか？　お婆様？」

そう問いを投げると、マグレットは眉を八の字にし、ゆっくりと目を伏せる。

そして、一呼吸置くと……衝撃的な言葉を口にした。

「お前さんの母親――アリサ・イークウェスは、私のせいで、死んでしまったんだ」

後悔と悲しみの織り交ざった苦しそうな表情を浮かべるマグレット。

彼女が……マグレットがこのような表情を浮かべたことは、今までに一度も見たことが無かった。

いつも気丈に振る舞い、眉間に皺を寄せて、厳めしい雰囲気を漂わせていたというのに。

初めて見せた彼女のその弱々しい気配に、俺は思わず啞然としてしまい、何も言葉を発することができなくなってしまっていた。

そんなこちらの様子を見て、マグレットはフフッと、口元に微笑を浮かべる。

「お前さんは賢い子だ。今まで、産まれてからこの方、私に両親について聞いて来なかったのは……自身の親がもうこの世にいないことを理解していたからなのではないのかい？　アネット」

「……はい。薄々は、察してはおりました。お婆様は、私とはメイドの仕事以外のことでは会話をしようとはしませんでしたからね。何処か、両親のことを聞かれたくはない……そういった気配を感じていたことは事実です」

「フフッ、まったく。前々から思っていたことだが、どうにも子供らしくないね、お前さんは。私ともアリサとも違って、とても利発な子だよ」

まぁ、当然、生前の記憶を引き継いだこの似非幼女である俺が、イークウェス家の誰かに似るわけがないんだよな……。

人格はアーノイックのものなのだし、中身は五十手前のオッサンなのだから、子供らしくないというのは当然の摂理だ。

……いや、今、この考え方をするのは間違っているな。

真剣に、自分の孫として接しようとしてくれているマグレットに対して、転生前の自分なんて今のこの状況下においてはどうでもいい話だ。

今は、彼女の孫であるアネット・イークウェスとして、祖母の話を真摯に聞くことにしよう。

「それで、お婆様。お婆様のせいでお母様が亡くなられたというのは……いったいどういうことなのでしょうか？」

「……自分で話を切り出しておいてなんだが、病み上がりのお前さんに聞かせるのは、少々、酷かもしれないよ？　後で時間を作ってゆっくりと話した方が……」

「構いません。私は……私は、お婆様が私に打ち明けようとしてくれたことが何なのか、その理由を今すぐに知りたいのです。貴方の孫として、家族として、貴方が心配だからこそ、お婆様が何故そんなに苦しい顔をしているのかを理解したいのです」

「アネット……」

俺の言葉に対して、マグレットは申し訳なさそうに目を細めると、小さく息を吐き出す。

そして――静かに口を開いた。

「……アリサは、私の娘は、お前さんのように真面目にメイド業に従事する子ではなくてね。この屋敷で一生、レティキュラータス家の使用人として生きる自身の運命に、納得がいっていなかった。……だからなのかね。十五歳の成人の儀を迎えたある日の朝。私と大喧嘩をして、屋敷から飛び出して行ってしまったんだ」

そう言うと、マグレットは過去を懐かしむような遠い目をして、俺を通して誰かを見ているのか……ゆっくりと、かつての出来事を語り始めた。

『アリサ！　イークウェスの責務を投げだして、いったい何処に行くつもりなんだい⁉』

朝陽(あさひ)が昇り出したばかりの、午前五時過ぎ。

大きな鞄(かばん)を肩に掛けて、屋敷の門を潜(くぐ)ろうとしていた我が娘——アリサ・イークウェスを呼び止めた私は、急いで玄関から外へと駆けだした。

そんな私の姿を鋭い眼で睨みつけ、アリサは門柱の下で苛立(いらだ)ったように口を開く。

『お母様、私、もう、こんな生き方耐えられない。イークウェス家に産まれたからって何でレティキュラータス家に一生仕えなければならないの？　何で、自由な休暇の時間が私たちには無いの？　おかしくない？』

『……私たちは先祖代々、千五百年もの間、レティキュラータスに忠義を誓ってきたんだよ、アリサ。レティキュラータスの地位が降格しても、他の家中の者が皆この家から離れて行っても……何があっても私たち一族だけはこの御家から離れなかった。それは、先祖の代から多大なご恩があったからだ。その代々続いて来たこの歴史深き忠義を、ここで途絶えさせるとでも言うのかい？　アリサ！』

『あー、もう、そういうのどうだって良いんだって！　先祖に恩があるからって何？　何で私たち子孫はそんな意味不明な理由で将来を定められなきゃならないの!?　何で、自由に生きる権利を剝奪されなきゃいけないっていうの!?　もう、この際だからはっきり言うけれど、私はレティキュラータスのメイドになんて産まれたく無かったわよ!!　栄ある剣聖の開祖だか何だか知らないけれど、こんな家、ただの没落寸前の張りぼて屋敷じゃない!!』

『アリサ!!　お前!!　なんてことをッ!!』

『ふぅ、最後に言いたいことを言えてよかったわ。じゃあ、さようなら、お母様。私はもう、イークウェス姓は名乗らないから。好き勝手自由に生きさせて貰います』

そう言って、アリサは栗毛色のポニーテールを揺らしながら、門の外へと歩いて行った。

私は、去って行く一人娘のその背中に、思わず怒鳴り声を上げてしまう。

『この……馬鹿娘がっ!!』

三十代前半の時に夫に先立たれ、それからずっと、独りで娘を育ててきた。

この先、夫のように何かあって突如私がこの世から去った時、娘はいったいどうなるのかと……私はいつも不安でいっぱいだった。

だから、何かあっても良いように、あの子にはレティキュラータス家のメイドとしての全てを教え込んできたつもりだ。

それはイークウェス家の伝統だからという思いも勿論あったが、一番は純粋に子を思うが故の教育だった。

だが……アリサには、私の厳しい教えは苦痛でしかなかったのだろう。

メイドの一族に産まれてしまったという境遇と、私が行った、強烈な教育の日々の連続。

その地獄のような環境に耐えられず、あの子は逃げるようにしてこの屋敷から出て行ってしまったのだ。

去って行く娘の背中を見送った後。あの子を追い詰めてしまったのは自分だと、深く後悔したものさ。

そうして、私は後悔の念を抱いたまま、メイド業に従事し——気付けば数十年の歳月が経過していた。

——六十代前半となった、しんしんと雪が降る、冬のある日。

夜も深まった深夜二時過ぎ。突如、馬の嘶き声が屋敷の外から鳴り響いてきた。

何事かと思った私は、レティキュラータス家の方々を起こさぬように、静かに階段を降りて、寝間着のまま屋敷の外へと躍り出た。

そして、突然の無礼な来訪者に対して、大きく怒鳴り声を上げた。

『こんな真夜中に何事ですか!?　ここはレティキュラータス伯爵家の御屋敷なのですよ!?』

そう、門の外に停めてある馬車に向かって叫ぶと、御者台から一人の女性が降りてきた。

そしてその女性は、怪我でもしているのか……ずるずると足を引きずりながらゆっくりとした動作でこちらへと向かってくる。

幼い赤子を大事そうに抱えたその人影は、ここ数十年、ずっと謝りたいと思っていた、私の娘――アリサ・イークウェスだった。

『……お母、様』

『アリ、サ……？　い、いったい、どうして、こんな真夜中に……？』

そう疑問の声を投げた、その瞬間。

アリサの身体がフラリと揺れ、彼女は力なく、雪の中で膝を突いた。

『アリサ!?』

何があったのか分からず、急いで近寄ると、私はその時になってようやく彼女の現状を把握することができた。

アリサは……身体中に矢を受け、血まみれになっていたのだ。

肩、背中、腕、足――ありとあらゆる箇所に矢を受け、小刻みに肩を揺らし、ヒューヒューと、か細い息を口元から漏らしている。

彼女のその苦痛に歪んだ暗い瞳が見つめるのは、自身の腕に抱かれていた赤子だった。

身体に巻かれているおくるみはアリサの血によって真っ赤に染まっていたが、どうやら赤子は無事な様子に見える。

穏やかそうな顔で静かに寝息を立てていることからして、別段、目立った怪我はないことが推察できた。

『ア、アリサ、その子はいったい……？　い、いや、それよりも、その怪我はいったいどうしたっていうの!?　は、早く、医院か修道院に行かなきゃ!!　こんなに、血が!!』

『……お母様、ごめんなさい』

『え？』

『私、ずっと我儘(わがまま)ばっかりだったよね。お母様の気持ちなんて、一切考えてこなかったよね』

『そ、そんなことは、そんなことは、今は良いのよ!!　早く医院に行きましょう!!　馬車の手綱は私が握るから、早く、荷台に――』

『母親になって初めてね、お母様が私にどういう感情を持っていたのかを、理解したの。私ね……この子がこの先どう生きるのかが、心配で堪(たま)らないんだ。ちゃんとした食事を摂(と)って、ちゃんとした衣服を着て、ちゃんとした教育を受けて、ちゃんとした男の人と結ばれて、ちゃんと暖かい家庭を築くことができるのか。本当に、心……配……ゲホッ、ゴホッ!!』

『!?　アリサ!?』

吐血したアリサの肩を抱き、私は紅く染まった血だらけの顔に視線を向ける。

するとアリサはニコリと、申し訳なさそうに微笑みを向けてきた。

『お母様、ごめんなさい。最期の、我儘……この子を、アネットをどうか、幸せ……に。私みたいな馬鹿な女にならないように、見守って……あげ……て……』

『アリサ？　ねぇ、アリサ……？』

そう言葉を残して、私の一人娘であったアリサ・イークウェスは……この世から静かに息を引き取ったのだった。

◇　◇　◇　◇　◇

「――私が、あの子を追い詰めて、この屋敷から追い出したんだ。だから、アリサが……お前さんの母親が亡くなってしまったのは全部私のせいなんだよ、アネット」

「……」

なるほど、な。

マグレットは自分の教育のせいで――イークウェスという使用人の一族に彼女を産んでしまったせいで、アリサを殺してしまったのだと思っているわけか。

第三者目線で見れば、アリサを死に追い詰めたのは間違いなく、彼女に矢を放った何者かなのだが……当事者なら、それも実の肉親だったのなら、そう簡単に物事を整理はできない、か。

多分、間接的にでもそういった状況に追い込んでしまった罪を、マグレットは感じてしまっているのだろうな。

俺は、沈痛そうに顔を伏せるマグレットに対して優しく声を掛ける。

「お婆様、お話ししてくださってありがとうございました。お婆様が、お母様と似ているという私との接し方に悩んでいらっしゃったのも、今のお話を聞いて大分理解を深められたと思います」

「……私を責めないのかい、アネット。だって私は、お前の母親を、間接的に……」

「正直に申し上げますと、私にはお母様……アリサさんが亡くなられたのは、自業自得にしか思えませんね」

「へ？」

俺のその言葉に、目をまん丸にして、困惑げな表情を浮かべるマグレット。

俺はそんな彼女に対して、続けて思った言葉を発していく。

「まず、アリサさんは成人してこの家を出て行ったのですよね？　管理能力を他者に委ねざるを得ない子供ならともかく、自分の世話を自分でできる大人が、自分の意志で決断して、自身の生き方を決めたんです。そのことに対して親がいつまでも責任を感じる必要なんて……私には無いと思いますが。そうは思いませんか？」

「え？　い、いや、待ちなさい、アネット。貴方……今まで、親に恋焦がれたことはあるはずだろう？　だって、身内と呼べる存在が私しかいない……しかも、私は貴方を怒ってばかりいる。そんな状況下であったなら、ロザレナお嬢様のように優しいお父様とお母様が欲しいと、羨んだことは絶対にあるはずだ。なのに、お前を孤独にしてしまった私が憎いとは思わないのかい？」

「？　いえ、私にはお婆様がいるだけで十分、恵まれていると思っていますよ？　肉親が誰一人いない、本当の天涯孤独の境地は……地獄みたいなものですからね」

「本当の、天涯孤独の境地……？」

「あ、いえ、何でもありません。とにかく、私はお婆様が憎いだとかは全く思っておりませんよ。だって、アリサさんが御屋敷を飛び出さなければ、私は産まれていなかったはずですし。私は別段、この環境に不満は抱いてはいませんもの。旦那様も奥方様もお嬢様も、皆、優しい人ばかりですしね」

そう言ってニコリと微笑むと、マグレットが急に肩へと腕を回し、ギュッと、俺を強く抱きしめてきた。

「お、お婆様!?」

「まったく……お前さんは誰に似たのかねぇ。私にもアリサにも似てないよ、その心の強さは」

「あ、ははははは……。これも、幼少期からビシバシとお婆様に鍛えられたおかげかもしれませんね」

「……本当に、本当に今まですまなかったね。私は、アリサそっくりのお前さんとどう接していけば良いのかが、分からなかったんだ。でも、私は老い先短い身だからね。だから、お前さんが……」

「分かっています。お婆様は、自分が亡くなった後でも私が独りで生きて行けるように、厳しくメイド業を教え込む必要があった。でも、アリサさんのように家を出ていくことを危惧していたお婆様は、私との距離感に苦渋していた。……と、今までの行動はそういうことですよね？」

「……フフッ、ハハハハッ！　そうさね。まさかここまで私の思考を読まれているとは……お前さんは本当に賢い子だよ、アネット。ただのメイドにしておくには惜しい逸材かもしれないねぇ」

「いえいえ。私はこの御屋敷で箒を掃いている方が性に合っていますからね。この御屋敷で過ごす忙しくも安寧とした時間は、とても好ましいものですよ」

「……お前さんがもし、他に何かやりたいことを見つけた、その時は。その道を好きに進んで行っても良いからね。ただ、危ないことはけっしてしてはいけないよ。どうか、この婆よりも先には逝かないでおくれ」

そう言って、目の端から涙を流していたマグレットは、俺を更に強く抱きしめてきたのであった。

◇　◇　◇　◇　◇

――翌日。午前七時過ぎ。

まだ、ジェネディクトとの闘いの疲れが残っていたせいだろうか。身体中の関節と筋肉がバッキバッキに痛んでいた。

廊下を歩こうにも、壁に手を付けなければ満足に歩けないレベルだ。

歩みを進める度に膝はガクガクと震え、腰がズキズキと痛みだす。

今、背後から奇襲されれば――たとえ相手が幼い子供であろうと、その攻撃を回避することは叶わないだろうな。

まさに、満身創痍の疲労体。無理に身体を酷使した結果が、今の俺のこの情けない姿であった。

「えいっ！　えいっ！　そりゃーっ！」

「ん？」

中庭から聞こえて来たその声に、俺はゆっくりと足を動かし、外庭へと出られる一階の渡り廊下を目指す。

　しかし、その途中。突如、背後から声を掛けられた。

「あら？　アネットちゃん？」

　後ろを振り返ってみると、そこに居たのはレティキュラータス夫人のナレッサ様だった。

　彼女は俺の姿を視界に捉えると、廊下の奥から心配そうな顔をして、こちらにゆっくりと近付いて来る。

「もう、まだ安静にしてなきゃダメでしょう？　無理をして身体を壊しでもしたらどうするの？」

「す、すみません、奥様。どうにも、早朝にベッドの上にいるのが落ち着かなくて。休暇を頂いているのは理解しているのですが、いつも寝坊すると祖母の怒鳴り声が聴こえてきましたからね。何だかゆっくり休めないのですよ」

「あらあら。マグレットさんのせいにするなんて酷いわね、アネットちゃんは。フフッ」

　そう言って口元に手を当て淑女然とした笑みを浮かべると、夫人は中庭が見える位置の窓際へと歩みを進めて、俺に向かってこっちこっちと、手招きをしてきた。

「奥様？」

「ちょっといらっしゃい、アネットちゃん。貴方も、あれを見に来たのでしょう？」

　夫人の横に並び、窓の外へと視線を向けてみる。

　すると、中庭の中央に聳え立っている巨木の下で、ロザレナが箒を片手に何やら剣の稽古のようなことをしている様子が視界に飛び込んできた。

その光景を見て、夫人は微笑ましそうに優しげな笑みを浮かべる。

「あの子ね、無事に御屋敷に戻ってきてからというもの、ずっと、アネットちゃんの話ばっかりするのよ？」

「私の話、ですか？」

「うん。アネットは悪い人たちをいっぱい倒してくれて、身を挺して自分を庇ってくれた、って。とってもかっこいい、あたしもアネットみたいになりたい！って、ね」

そう言って、夫人はこちらに身体を振り向かせると——深く、綺麗に、俺に対して頭を下げてきた。

「ありがとう、アネットちゃん。あの子の支えになってくれて。あの子のお友達になってくれて、本当に……ありがとう」

「お、奥様!?　頭をお上げください!!　私は、使用人として当然のことをしただけであって……!!」

「ううん。これは、子供を助けて貰った親としてのお礼です。そこに雇い主とか使用人だとか、そんな身分の差は関係ないでしょう？」

そう言いながらゆっくりと頭を上げると、夫人は俺にウィンクをしてきた。

その顔は、昨日別れ際に俺にウィンクをしてきたロザレナとそっくりな顔で……雰囲気と性格は大分異なるけれど、やっぱりこの人はロザレナの母親なんだなぁ、ということを改めて再認識できた。

「見て見て、アネットちゃん。あの子ってば、あんなに真剣になっちゃって。以前の幼稚な夢を語っていた時とは違って、今度は相当、本気みたいね」

そうぽそりと呟いて、夫人は再び窓の外で一生懸命に箒を振るロザレナの姿をまっすぐと見つめる。

その横顔は、我が子の成長を嬉しく思う反面、何処か、寂しく思っているような……そんな、複雑な顔色をしている様子に感じられた。

第4章 幼年期編 別れの季節

Chapter. 4

目の前を、赤く染まった落ち葉が舞い落ちて行く。

俺は、その落ち葉を、箒を使ってザッザッと掃いていった。

——季節は、木々の葉が紅葉し、徐々に冬へと向かいつつある、十月、紅山(こうざん)の節。

あの日から……蠍の奴隷商団(スコーピオニウス)に捕まり、何とか命からがら屋敷に帰ってきてから、おおよそ一ヶ月程の時が経過していた。

無理に身体を酷使した反動か、最初の数日間はまともに動くことができなかった俺も、一ヶ月も経(た)てば以前のように自由に身体を動かすことが可能になり、今ではこうして、メイド業にも無事に復帰できている。

とはいっても……マグレットは未(いま)だに俺の身体のことを心配してくれているのか、今は簡単な掃除だけということで……彼女からは業務スケジュールを制限されているのだが。

あの一件——この屋敷に帰ってきて、祖母から母の話を聞いて以来、マグレットは何処か俺に対して優しくなったような感じがする。

以前のように眉間に皺(しわ)を寄せて睨(にら)まれるようなことは無くなり、むしろ顔を合わす度に微笑を浮かべてくれるようになったし、何よりあまり俺を怒鳴らなくなった。

これも、彼女が抱えていた長年の想(おも)いを共有したおかげなのだろうか。

客観的に見ても、以前に比べて俺と祖母との関係は格段に良好となったと、そう言えるだろう。

……そして、祖母と同じく、以前とは異なった関係の変化といえば、もうひとつ。

「……」

「……」

「……」

「……あの、お嬢様」

「何かしら、アネット？」

「申し上げにくいのですが、その、手をずっと握っていらっしゃられますと……とても、掃除がしにくいです……」

片手で箒を掃く俺がそう口にすると、右手をギュッと握っていたロザレナが、ムスッとした表情でこちらを睨んできた。

そして、彼女は唇を尖らせると、何処か不機嫌そうな様子で口を開く。

「ねぇ、アネット。貴方の主人はあたしよね？」

「え、ええ。雇い主である旦那様を含めて、勿論、お嬢様もそうでございます」

「だったら当然、この手は主人であるあたしのものでもあるわよね？　アネットの手のひらを、好きな時に握って良い権利があたしにはある。そうは思わないかしら？」

「い、いや、あの、手ぐらいであればいつでも握って貰って構わないのですが、今、私は職務中でして……このままですと、中庭の落ち葉を上手く集めることができないんですよ。ですから、手を繋ぐのはこの仕事が終わった後にして貰えますと助かります」

「嫌よ。あたしは今、貴方と一緒に居たいの。中庭の掃除なんて一日サボッても、別に問題ないじゃない。誰も困らないわ」

「既にご理解されているとは思いますが、この広い御屋敷にいる使用人は、現在、私とマグレットお婆様しか在中していないのです。ですから、一日分の仕事をサボってしまうと、必然的に私たちにシワ寄せが来てしまうのですよ」

「……」

「たかが落ち葉といえども、今の季節は紅山の節。日に日に木々からは葉が舞い落ちていき、誰かが箒で掃かなければ、御屋敷の御庭が悲惨な有様になってしまいます。レティキュラータス家の復興を願うお嬢様にとって、この御屋敷が見窄らしい姿になってしまうのは、避けたいことではないのでしょうか？　この何気ない落ち葉を掃くという行為も、この御家のためになっている。そうご理解していただければ幸いです」

「……相変わらず口が達者なメイドね、貴方は。そんなにあたしと一緒にいるのが嫌なわけ？」

「い、いえ、けっして、そういったわけでは……」

「フン。こうなったら意地でも手を離してやらないんだから。片手で庭の掃除を完遂してみせなさいよ。ね？　毒舌メイドさん？」

そう言うと、今度は腕を絡めるようにして俺の右腕を胸に抱き、ロザレナはけっして離さないという意志を見せつけてきた。

俺はそんな彼女の様子に苦笑いを浮かべつつ、片手で何とか箒を掃こうと、地面に落ちている葉っぱを集めていく。

……一ヶ月前に起きた、奴隷商団によって俺たちが攫われた事件以降。

何故かロザレナは、俺に四六時中ベットリと付きまとうようになってしまっていた。

最初は、ああいった怖い状況に陥ったせいで、人恋しさに俺の手を握るようになったのだと、そう思っていた。

だけど……どう見ても彼女のその様子は、過去の光景を怖がっているようには見えず。

頰を紅く染め、濡れた瞳で俺の横顔を盗み見しているその様子は、まるで恋する乙女のようであった。

「……これって、もしかして……いや、流石にそれはないか？　いや、でも……」

「？　何一人でブツブツ言っているのよ？」

「……いや、これはもしや、男性が絶対に入ってはいけない神聖な領域とされる……あの伝説の……百合(ゆり)、って奴(やつ)なのか？　百合の間に挟まる男は即座に殺されるという恐ろしい噂(うわさ)を聞く、あの……」

「百合って何？　花のこと？」

（いやいやいや、そもそも今の俺は、彼女と同じ幼女なわけであってだな？　も、勿論、女性が女性同士恋愛する……そういった文化も俺は理解しているぞ？　理解、してはいるが……そんな、十歳の幼い子供同士が百合って、ねぇ？　流石に早熟すぎだよなぁ？）

というか冷静に考えると、今の俺ってガワだけは美少女だけど、その中身はムキムキのオッサンなわけであって。それを踏まえると、中々に、今のこの状況の絵面の犯罪臭がやばくなってくるな。

百合の間に挟まる男（自分自身）という訳の分からない構図が出来上がっているまでもある。

「……何だか一気に、今の自分が変態みたいに思えてきちまったな。何で生前とは異なった性別で転生しちまったんだよ、俺は……」

そう愚痴を溢(こぼ)しながら、瞳を暗くさせて箒を掃いていた、その時。

突如、横に立っていたロザレナが、真面目な声色で俺に話し掛けてきた。

「前から気になっていたんだけど……貴方、何でそんなに剣の才能があるの？　メイドの女の子が、奴隷商人を倒して、箒で地下牢(ちかろう)を崩落させるとか……どう見ても普通じゃないと思うのだけれど？」

「えっと……お嬢様、私はただのメイドでございますよ？　アネット・イークウェスちゃん（10）は、可愛いだけが取り柄のかよわい女の子です。きゃぴっ☆」

「ぶっ殺すわよ？」

「すいません……」

適当にはぐらかしたら、思いっきりロザレナに睨みつけられてしまった。

そんな彼女から目を逸らし、引き攣った笑みを浮かべていると、ロザレナは「はぁ」と大きくため息を吐き、ジロリとこちらに視線を向けてくる。

「まぁ、良いわ。ねぇ、アネット、話は変わるけれど……ひとつ、今のあたしの考えを聞いてはくれないかしら」

「ロザレナお嬢様？」

「この話を聞いてくれたなら、一先ず仕事の邪魔はしないであげるわ。今だけは手を繋がないことを許してあげる」

そう言ってロザレナは俺の腕から手を離し、距離を取ると、こちらの瞳をまっすぐと見つめてくる。

その顔は、先程とは打って変わって、とても摯実な気配が漂っていた。

「あたしね、前までは歴代最強の『剣聖』、アーノイック・ブルシュトロームに憧れていたの。でも、今は違う。今、あたしが憧れているのは……貴方よ。アネット・イークウェスという名の『剣聖』の座に最も近いであろう天才児。それが、今のあたしの目指す真の頂の名」

「お嬢、様……？」

「あたしは、貴方の横に立てる対等な剣士になりたい。貴方に守られるだけのか弱い女になんてなりたくないの。そして、いつの日か貴方と共に……王国にひとつしかない『剣聖』の座を巡って争う剣士になりたいわ。憧れた貴方と、本気で戦ってみたいのよ」

……似ているな。

彼女のその紅い瞳は、俺に何度も決闘を挑んできた愛弟子(まなでし)リトリシアを彷彿(ほうふつ)させるような、挑戦者の眼差(まなざ)しをしていた。

この瞳をした人間には、いくら無理だから止(や)めろと強く言ったところで、けっして止まりはしないだろう。

フフフ、たった数日でこうも変わるとは、面白いものだな。

以前の彼女の目に映るのは、ただの幼い夢……御伽噺(おとぎばなし)の王子様に憧れているような、そんな幼稚な気配が漂っていた。

だが、今の彼女は違う。

本気だということが、彼女から放たれるその気迫から、十分に理解することができる。

実力はまだチャンバラ程度の幼い子供でしかないが、強き者に憧れ、それを乗り越えたいというロザレナのその意志だけは、元剣聖として、一端の『剣士』と認めざるを得ないものだな。

俺はニコリと笑みを浮かべ、今にも俺に向けて剣を構えてきそうな、彼女のその獰猛な瞳をまっすぐと見つめ返す。

「お嬢様、良いお顔になられましたね。本気で『剣聖』を目指すおつもりなのですか？」

「勿論よ。あたしは貴方みたいになりたい。貴方を超えてみせたい」

「そうですか。分かりました。でしたら、私はもう何も止めません。お嬢様の意志を尊重致します」

「本当⁉ 嬉しいわ!! じゃあ――」

そう言って、ロザレナは懐から一枚の紙を取り出し、俺の眼前へと突き付けてきた。

そして、満面の笑みを浮かべて、再度、大きく開口する。

「じゃあ、十五歳になったら、あたしと一緒にこの聖騎士養成学校に入るわよ!! 一緒にここで剣の腕を磨いて、共に『剣聖』を目指しましょう、アネット!!」

「へ？ は、え？」

突き付けられたその紙は、王都に建立されている、とある有名な学校の……案内パンフレットのようなものだった。

王立聖騎士養成学校『ルドヴィクス・ガーデン』。

王国でその名前を知らぬ者がいない、四大騎士公の一角、大貴族バルトシュタイン伯が自ら運営する学校だ。

この学校では、剣術は勿論のこと、魔法、薬学、召喚術といった、騎士として最低限持たなければならない様々な技術を、引退した元聖騎士から直接教えを乞うことができる。

俺も生前、この学校には興味があったんだが……莫大な額の入学金を払うことができず、加えて、入学条件に必須だった信仰系魔法を俺が使えなかったため、過去、この学校で学ぶことを断念したという経緯があった。

それに、入学可能な十五歳の時には俺はもう『剣聖』になっていたので、この学校で魔法以外のことを学ぶ理由が特に無かった……ってのもあったかな。

とは言っても、俺は魔法の才能が一切無かったので、王国で唯一魔法の教学が取れるこの学校に、少しだけ興味があったのは事実だ。

「へぇ……『ルドヴィクス・ガーデン』、ですか。恥ずかしながら私には魔術の才能がなかったので、昔、こういった場所で魔法を習うのが夢だったのですよ」

「そうなの!?　じゃあ、丁度良いじゃない!!　あたしと入学して、一緒にここで『剣聖』を目指すための研鑽を……!!」

「……あの、お嬢様」

「？　何かしら、アネット」

「非常に申し上げにくいのですが……私は、『剣聖』を目指す気はありません」

「……ぇ？」

か細い困惑の声を漏らして、ロザレナは信じられないものを見るような表情で、俺を見つめてくる。

俺はそんな彼女にコホンと咳払いをして、真剣な表情で口を開いた。

「私は……私は、お嬢様が思っている程の人間ではございません。多少、剣の腕があっただけの小娘にすぎないのです。ですから……私はこの先も分相応にただ普通のメイドとして、このレティキュラータス家に仕えていきたいと、そう考えております」

当初俺は、生前の剣の腕を取り戻したら、この屋敷を去ろうと思っていた。

けれど……今は違う。

俺のことを真に想ってくれている祖母のマグレットや、貴族としては珍しい人格者であるレティキュラータス夫妻。そして、目の前にいるこのツンツンしているけど心根が綺麗でお優しいお嬢様。

いつの間にか俺は、生前に得られなかったこの平穏な暮らしに……暖かい人たちに囲まれて生きていくことに、とても身体が馴染んでしまっていた。

生前の『剣聖』として生きた殺伐とした人生よりも、今のメイドとしての忙しくも安寧とした毎日の方が、とても心地よく感じてしまっていた。

病気で亡くなっていなければ、今の俺は年齢にして八十手前くらいだ。

今まで王国のために死ぬ思いで剣を振ってきたのだから、老後は穏やかな隠居生活をしても誰も文句は言わないだろう。

正直言って今の俺は……もう、争い事に自ら突っ込んでいきたくはなかった。

後の世は若い者たちに任せて、さっさと剣を捨てて――今後はレティキュラータス家のメイドとして平穏に生きることが、俺自身が最も強く切望していることだった。

「……何、言っているの、よ」

だが、そんな俺を、彼女は認めたくはなかったようで。

瞳を赤くさせ、今にも泣きだしそうな表情を浮かべたロザレナは、キッと、こちらを鋭く睨みつけてくる。

「アネットは……あたしが憧れた、目指すべき剣士の姿なのよ。それなのに、そんな貴方が『剣聖』を目指さないって……いったいどういうことなのよ？　貴方のその剣は、この屋敷でただただメイドをやって腐らせて良いものではないの。何故、それが分からないのよ……」

「お嬢様……」

「貴方が剣を捨てるだなんて、あたしは絶対に認めない。貴方はこれから先、間違いなくこの世界に名を轟かせる高名な剣豪になる。世界最強の剣士であるリトリシア・ブルシュトロームなんて目じゃないくらいの、ね。貴方がそれほどの力を持っていることを、あたしはアネットの剣を直に見て、確信を抱いているの。メイドなんて器に収まらない、尋常ではない存在であることを、あたしは理解しているのよっ!!」

そう叫んで赤い目を擦ると、ロザレナは踵を返し、ゆっくりと屋敷の方へと歩いて行った。

「絶対に、認めないんだから」

その一言を言い残し、秋風が落葉を転がす中、彼女は俺の前から去って行った。

◇　◇　◇　◇　◇

「……はぁ。また、お嬢様を怒らせてしまったな。でも、しょうがないよなぁ……」

「――あぁ、アネット。ここにいたのかい」

「あっ、お婆様……いえ、メイド長。どうかしたのですか？」

「フフッ、他に人がいない時はお婆様で構わないよ」

「あ、はい。分かりました。お婆様」

そう控えめに口にすると、廊下の窓を雑巾で拭いている俺に対して、マグレットは静かに笑った。

俺も、優しい表情を浮かべるようになった彼女に対して、同じように穏やかな微笑みを浮かべる。

「それで、私に何かご用事があったのではないのですか？　お婆様」

「っと、そうだったそうだった。再来月の末に……新節を迎える晩餐会があるって、お前さんには先日、話しておいただろう？」

「そうですね。雪麗の節の末、新しい年を迎える日の前日に、レティキュラータス家の親族一同が集まる晩餐会がこの御屋敷で行われる、と。そのことは確かに、三日程前にお婆様から聞いておりました」

「そう、その晩餐会のことなのだけれどね。先代レティキュラータス家当主夫妻が、孫の顔が見たいからって、二節早めにこの御屋敷にいらっしゃるそうなんだよ」

「え？　先代レティキュラータス家のご当主様というと……ロザレナ様のお爺様、ということですか？」

俺のその言葉に、マグレットは何処か疲れたようにコクンと、静かに頷いたのだった。

◇　◇　◇　◇　◇

「ふむ。久々のレティキュラータス本邸はやはり懐かしいな。お前もそうは思わないか？　メアリー」

「ええ、そうですね。エルジオに当主の座を譲ってからもう数十年経っていますから。この家の門を潜るだけでも、感慨深いものが込み上げてきますね」

そんなやり取りをしながら、身なりの良い老夫婦がレティキュラータス家の門前に姿を現した。

俺は、隣に立つマグレットにあの人たちがそうなのかと、アイコンタクトを送ってみる。

すると、彼女はまっすぐと前を見つめたまま、コクリと頷いた。

「ええ、そうだよ。あの方々が先代レティキュラータス家当主とその奥方様さ」

「そうですか……では、あのお二人がロザレナお嬢様のお爺様とお婆様、ということなのですね」

以前から、ロザレナはどうにも旦那様にも奥方様にも似ていないなと、そう思っていたが……なるほど、あの子の顔は祖母似だったわけか。

猫のようなアーモンド型の切れ長の紅い瞳に、所々ウェーブがかった白髪の髪。

ロザレナが年老いたら、丁度あのような感じになるのかなといった様相の姿が、そこにはあった。

「ロザレナお嬢様のお婆様は、とても七十代には見えない、お若い顔をしていらっしゃいますね、お婆様」

「……」

「？　あ、あの、お婆様？」

返事が返って来ないことを不思議に思い、隣へ視線を向けてみると、そこには昔を懐かしむような顔をしたマグレットの姿があった。

まるで旧知の仲の友人に再会したかのような、そんな穏やかな表情をしていた彼女は、ただボーッと、仲睦まじそうに会話をする老夫婦の姿を静かに見つめている。

俺はそんな不思議な彼女の様子に対して、思わず首を傾げてしまった。

「あ、あの……お婆様？　もうそろそろ、お二人のお出迎えに向かった方が――」

「あら？　そこにいるのは……マグレットですか？」

俺たちの姿を発見したのか、老婦人が門の向こう側から朗らかな笑みをこちらに向けてくる。

そんな彼女の声にマグレットはビクリと肩を震わせると、佇まいをただし、急いで門の前へと移動を始めた。

「お久しぶりです、ギュスターヴ様、メアリー様」

門を開けた後、そう挨拶して、深く頭を下げるマグレット。

俺もそんな彼女に続き、同様に彼らに対して深くお辞儀をする。

するとそんな俺たちの姿に、ロザレナの祖母――メアリーと呼ばれた老婦人は、口元に手を当て、淑女然とした小さな笑い声を溢した。

「変わらないのね、マグレットは。私たちはもう貴女の雇い主でもないのですから、もっと楽にしても構わないのですよ？」

「い、いいえ、先代ご当主とその奥方様に、そのような不躾なことなど……できるはずもありません」

「何言っているのよ。私たち、幼い頃から身分関係なくこの御屋敷で遊んでいた仲じゃない。だから、今更気にしなくても良いのよ？　ねぇ？　ギュスターヴ？」

　そう、メアリー夫人に微笑みと共に問いを投げられた先代当主は、何処か居心地悪そうに、フンと、短く鼻息を鳴らした。

「フン。ワシはこの強面ババアには全く良い思い出は無いからな。いくら過去を振り返って見ても、毎回泣かされていた記憶しかありはしない」

「あら？　そんなこと言っても良いのかしら～？　私、ギュスターヴの初恋の人がマグレットだって、知っているのよ～？」

「なっ――い、いったい、いつのことを言っているんだ、お前はっ!!」

「いつって……確か私が貴方と婚約を結ぶ以前の、七、八歳くらいの幼少の頃かしら？　よくこの御屋敷に遊びに来ては、メイド業に勤しむマグレットのことを遠目で見つめていたじゃない？」

「そ、そんな大昔のことを今更持ってくるんじゃない!!　しかも本人の目の前で……馬鹿か貴様は!!」

「馬鹿はギュスターヴの方じゃないのかしら？　マグレットは貴方を弟としか見てなかったというのに、貴方、大きくなるまで延々とアタックし続けていたんですからね。それも、本人に全く気付かれないという道化っぷりで……うぷぷっ、思い出すだけでも笑いが抑えられないわ！」

　そう言って、お腹を抱えだし、何とか笑いを堪えようとするメアリー夫人。

そんな彼女の姿を、マグレットは何処か呆れた表情で、困ったように笑みを浮かべて見つめていた。

「メアリーお嬢様も相変わらずでございますね。この御屋敷から別邸に移り住んでもう十七年も経っていらっしゃいますのに……昔とお変わりようがありません」

「あっ、やっと昔のようにメアリーお嬢様って呼んでくれたわね、マグレット。嬉しいわ！」

「フン、何でも良いから早くワシらを屋敷に案内してくれないかね？　冬も間近で、老体を外に晒し続けているとどうにも……関節が痛んできてたまらんわい」

「畏まりました。アネット、お二人のお荷物をお願いできますか？」

「了解致しました、メイド長」

俺は静かに頷いた後、マグレットの指示通りに、二人が手に持っている旅行鞄を受け取ろうと歩みを進める。

まずは、先代当主であるギュスターヴ様の荷物を預かろうと、彼の手にある鞄に手を伸ばそうとした……その時だった。

「ッ!?　な、なんだ、こいつはぁっ!?」

突如飛び退くようにして俺から距離を取ると、目をまんまるにさせ、ギョッとした表情を浮かべてこちらを見下ろしてくるギュスターヴ老。

俺は彼のその反応の意味が分からず、思わずキョトンとした表情で、小首を傾げてしまった。

「あ、あの、ど、どうかしましたでしょうか？」

「しゃ、しゃしゃ、喋ったぁ!?」

「え、えぇ……？」

「メ、メアリー!!　マ、ママママ、マグレットが!!　幼少時のマグレットがここにいるぞ!?　何なんだこいつは!?　幻術か!?」

慌てふためくギュスターヴ老に対して、メアリー夫人は眉間に手を当て、疲れたようにため息を吐く。

「はぁ……まったく、何を言っているのですか、ギュスターヴ。事前にマグレットから手紙を貰っていたではありませんか。その手紙に載っていた、娘から預かった孫というのが……きっと彼女のことですよ」

そう口にすると、老婦人は俺と目線を合わせるようにしてしゃがみ込み、優しい微笑みをこちらへと向けてくる。

「貴方がアネットちゃんですね。まぁ、ギュスターヴが驚くのが分かるくらい、本当に子供の頃のマグレットにそっくり。とっても可愛いお顔をしていることで」

「あ、は、はい。私はアネット・イークウェスと申します。先代ご当主様夫妻、ギュスターヴ様とメアリー様がご快適に御屋敷でのご生活ができますように、精一杯心を込めてメイド業に従事しますので、何卒、これからよろしくお願い致しま……」

「んもーっ!!　声まで可愛いわ!!　昔のマグレットみたい!!　持ち帰りたいーっ!!」

「わわっ、ちょっ!!」

突如、抱っこされるようにして持ち上げられ、人形のように抱きしめられてしまう、俺。

そして、背後でまるで幽霊でも見ているかのように怯えた顔をしてこちらを見つめている、ギュスターヴ老の姿。

傍目から見たら意味が分からない状況が、現在、レティキュラータス家の門前で繰り広げられているのであった。

◇　◇　◇　◇　◇

「お久しぶりです、お父様、お母様」

「お久しぶりでございます、お義父様、お義母様」

「おぉ、エルジオにナレッサ。久しぶりだな」

荷物を持って、二人を屋敷の中へと案内すると、玄関には既に旦那様と奥様の姿があった。

そして、二人の間に隠れるようにして、警戒心高めの様子でジッと来客を睨みつけている、ロザレナの姿もあった。

そんなロザレナの姿に気が付いたギュスターヴ老は、眼をキラキラと輝かせて、孫の元へとゆっくりと近付いて行く。

「お、おぉっ!! そこにいるのは我が愛しの孫、ロザレナちゃんではないか!! じ、じぃじだよ!! 覚えているかね!! 王都の医院で入院していた時には、何度もお見舞いに――」

「……」

ロザレナは伸ばされた祖父の腕をサッと避けると、両親の後ろを回って、今度は俺の背後へと隠れるようにして身を潜めてくる。

そうして、俺の肩越しに祖父へと鋭い目線を向けると、威嚇する猫のように背中を丸め、ううううと唸り声を上げ始めた。

「ロ、ロザレナちゃん!? ど、どうして……?」

「あ、あはははは……お父様、既にご存知でしょうが、あの子は人見知りが激しくて。長期間顔を合わせていないだけでも、あのような状態になってしまうのですよ」

「ま、毎年数回は顔を合わせているワシよりも、その憎たらしい顔をしたメイドの小娘の方が良いと、そう言うのかい!? ロザレナちゃん!?……ぐうぅぅ、うぬぬぬぅぅぅぅぅ～～っ!! おのれイークウェス!! 末代になってもワシを苦しめてくるかっ!!」

ついには膝を突いて、玄関のど真ん中で泣き始めてしまう爺さん。

何というか、大の大人が……それもかなりの年齢の行ったジジイがガチ泣きしている姿は、こう、見るに堪えない光景だな。

そんなに孫に拒否られたのが悲しかったのかい？　ギュスターヴ老よ……。

久々に自分の家に帰ってきて即号泣するなんて、何だか可哀そうに思えてくるな。

仕方ない、ここは少し、フォローでもしておくとしようか。

「……お嬢様、お爺様がお可哀そうですよ？　もう少し、お優しく接してあげては」

「嫌よ。あの手に捕まったら最後、人形のように持ち運ばれて、その後ずぅっと抱きしめられてしまうんだから。今泣いているのも全部罠よ、罠。近付いたら即トラップに捕まってしまうわ」

え、えぇ……何か、構いすぎてペットに嫌われた飼い主みたいな構図になってるじゃねぇか……。

ロザレナが人見知りとかそういうの関係なく、こりゃ全部、爺さんの自業自得のような気がしてきたぞ、俺は……。

「そう、ロザレナちゃんは相変わらず人見知りなのね。それじゃあ、ロザレナちゃんが来ないのなら……アネットちゃーん、いらっしゃーい？」

膝を突くギュスターヴ老の背後で、手をわきわきとさせながら、俺の名前を呼んでくるメアリー夫人。

先程は、仕事があると告げたら、夫人は渋々と俺を抱く手を離してくれたのだが……なるほど、もしかしたらあの夫婦は小さい子供を抱きしめることが趣味なのかもしれないな。

自身の祖父母に対して獣のように警戒心を露(あら)わにする背後のロザレナに、俺は思わず苦笑いを浮かべてしまう。

子供の目線だから、分かること。

過剰なスキンシップを取ってくる大人は、嫌われる。

まさかオッサンである俺が、今更こんなことに気付かされるとは、思いもしなかった。

――その夜。

和気藹々(わきあいあい)としたレティキュラータス家一族の晩餐会(ばんさんかい)は無事に終わりを告げ、俺とマグレットはテーブルに残った皿を下げて、後片付けに奔走していた。

そんな俺たちの姿を、一人テーブルに残っていたメアリー夫人は、誰に声を掛けるということもなく……残ったワインを口に運びながら静かに見つめていた。

「……フフ、本当、この屋敷には懐かしい光景がずっと残っているわね」

そう言って小さく熱っぽい息を溢(こぼ)すと、彼女はせっせと空いた皿を重ねていく俺に、さり気なく視線を向けてきた。

その視線に気付いた俺は、夫人に顔を向け、首を傾げながら口を開く。

「あの、どうかなさいましたか？　メアリー様」

「ううん、アネットちゃんとロザレナちゃんの姿を見てたらね、何だか昔のことを思い出しちゃって」

「昔のこと、でございますか？」

「うん。私はこの御屋敷……レティキュラータス家の三女に産まれてね。上二人はとっても優秀だったから、いつもお父様とお母様には怒られてばっかりいたのよ」

ん……？　てっきり俺は、レティキュラータス家の血を継いでいるのは、ギュスターヴ老なのだとばかり思っていたのだが……その言葉から察するに、どうやらこの家の正当な後継者は彼女だったというわけか？

だったら、ギュスターヴ老は婿養子ということになるのか。そのあたりのことは詳しくマグレットから聞いていなかったから、俺も正確な情報を把握できてはいなかったな。

そう、一人でレティキュラータス家の背景の考察をしていると、メアリー夫人は続けて言葉を発した。

「もうね、幼い頃からお父様もお母様もみーんな、身内の人は誰も私に興味を抱かなかったのよ。どうせ家督を継ぐ才能がないんだからといって、ろくな教育もせずに、ほぼ放置よ放置。本当、酷いわよね？」

王国の貴族社会において、最も重視されるもの。それは、生まれついての才能だ。剣術、魔術、算術、話術、商易術……当主の座に就く者には皆、それなりの格が求められる。

幼少時からその才覚を精査し、貴族の当主たちは自身の子供を競い争わせ、より良い逸材を自身の後釜に据えるように教育を施す。

彼女は、メアリー夫人は、早々に両親から見切りを付けられ、端から期待を持たれない程に……幼少の頃は貴族としての格が無かったのかもしれないな。

「でもね、誰も私を見てくれなかったんだけど、マグレットだけは違ったのよ。あの子だけは、私の傍にずっといてくれた。……何だか、今のロザレナちゃんとアネットちゃんのこと見ていたら、不意にそのことを思い出しちゃってね。私もロザレナちゃんみたいに、昔はずっとマグレットの後ろに引っ付いてたなぁ、って」

「お婆様ととても仲がよろしかったのですね、メアリー様は」

「ええ。大親友だったのよ、私たち。今の貴方たちのように、ラブラブだったんですから」

そう言って眼を細めながら、赤ワインを口に運ぶ夫人。

そんな彼女に、どうして、今のレティキュラータス家を夫人の家系が継いでいるのかを質問してみたかったのだが……背後から飛んできたマグレットの呼ぶ声に、俺は夫人との会話を止めることにした。

「フフ、何か聞きたい顔をしていたようだけれど……良いのかしら？」

「はい。これ以上仕事をサボっていたら、お婆様にゲンコツを頂いてしまいますので」

「あら、まぁ、マグレットってば相変わらず怒るとすぐに手が出るのねぇ」

そう言って互いに笑い合った後、俺はお皿を持って厨房へと戻ることにした。

《ロザレナ視点》

「せいっ!!　やぁっ!!　とりゃあっ!!」

翌日。午前五時。

あたしは、誰も起きてこない早朝に、日課の素振りを行っていた。

日々、剣を多く振っていた者だけが『剣聖』に近付くことができる。

アネットの言っていたその言葉は、間違いなく真実だ。

部屋のベッドで過去の英雄の伝記を読んでいたところで、あたしは強くなれはしない。

あの時の……一太刀で全てを切り裂いてみせたアネットの剣技には、ただボーッとしているだけでは絶対に到達することはできないんだ。

だからあたしはあれ以来、毎日、剣の素振りを欠かさずに行っている。

とはいっても、持っているのは模造刀ですらなくただの箒で、剣を振っているのも、別に何かの型の練習をしているわけではなく……ただあの時のアネットの真似をしているだけにすぎないのだが。

だから今行っているこの行為は、ただの子供のチャンバラごっこ。

剣の練習にもなっていない、ただ棒切れを力いっぱい振るだけの、お遊びだった。

「本当だったら、アネットに剣を教わりたかったのだけれど、ね……」

アネットはあたしに、今後剣を握ることはしたくないと、ただのメイドでいたいと、そう言ってきた。

彼女のその意思が強いものだと理解したからこそ、あたしはアネットから剣を教わることは諦めた。

まったく、あれだけの才能があると言うのに……本当、なんてバカなのかしら。

正直に言えば、あたしは、あの子の力は世間に広めるべきものの類だと思っている。

だって、世界最強と言われる『剣聖』リトリシアの剣を直にこの目で見たけれど、はっきり言って、アネットの剣に比べれば彼女の剣からは全然凄みを感じなかったから。

だから確信を持って、あたしはこう言える。

アネットの剣は間違いなく『剣聖』を越える、人の領域を超えたものであるということが。

　雇い主である身としてこんなことを言うのは可笑しいかもしれないけれど、彼女の剣は、こんな辺境の地で貴族のお抱えメイドをしていて腐らせて良いものではない。

　然るべき場所で、学校で、あの子の剣は衆目に晒されて認められるべきものだ。

　だからあたしはあの子を何としてでも聖騎士養成学校に――ううん、ちょっと違うかな。

　あたしは、アネット・イークウェスという憧れの剣士を追いかけたいからこそ、あの子に剣を握っていて欲しいのだ。

　きっと、あの子以外の剣士なんて、憧れを抱く対象にすらならないと思うから。

　あの、何度瀕死になっても立ち上がり、前を見据える、澄んだ青い瞳。

　美しく、気高く、そして女の子なのに何処か男らしい荒々しさを併せ持つ、絶対的強者の貫禄。

　あんなかっこいい人、この世界にアネット以外に絶対に居はしない。

　あたしの憧れ……あたしの愛しの人……。

　もう、本当、大好き。

「えへ、えへへへ……アネット……すき」

「あら、ロザレナちゃん、それはもしかして……剣の練習かしら？」

「とぅわッ!?」

　突如中庭に現れた自身の祖母の姿に、あたしは思わずビクリと肩を震わせて、手から箒を落としてしまっていた。

そんなあたしに対して申し訳なさそうな顔をすると、メアリーお婆様はこちらへとゆっくり近付いてくる。

「ごめんなさいね、驚かせてしまったかしら」

「……今の、聞いてた？」

「何のことかしら？」

「そう……聞いてないなら良いの」

思わず安堵(あんど)の息を吐いてしまう。

そんなあたしの姿をニコニコと見つめながら、お婆様は頬に手を当て、クスリと笑い声を溢した。

「あぁ、もしかして、アネットちゃんが好き、とか、そういったことを言っていたことかしら？」

「わぁぁぁぁぁぁッッッ!?」

「あら、お顔が真っ赤ね。大丈夫？　ロザレナちゃん？」

祖母は、昔からこう、何処かバカにした態度であたしをからかってくるから、どうにも苦手だ。

父と母のような穏やかで優しい雰囲気を持っているが、その実、うちの家系で一番性格が悪いのはこの人なのである。

「フフフ、そんなに睨まないでくれるかしら。ロザレナちゃんはお爺ちゃんによく似ているから、ついついからかってしまうのよね」

「……お婆様のそういうところ、本当に嫌い」

「ごめんなさいね、ロザレナちゃん。でも、安心して。ロザレナちゃんがアネットちゃんのことを好きなのは、誰にも言わないでおいてあげるから」

そう言って無理やりあたしの手を取ると、小指を絡ませ指切りをしてくるお婆様。

あたしはそんな彼女にムスッとした顔を向けると、落ちた箒を拾い、剣の素振りを再開させる。

「ロザレナちゃんは、騎士になりたいのかしら？　それとも冒険者？」

「……」

「あら、だんまりね。せっかく、お婆ちゃんが剣の練習に付き合ってあげようと思ったのに……残念」

「剣の……練習？」

その聞き捨てならない言葉に思わず手を止めると、祖母はニコリと微笑んだ。

「あら、知らなかったかしら？　私、こう見えても聖騎士位を叙勲しているのよ？　風の噂で聞いた……ロザレナちゃんが行きたがっている聖騎士養成学校『ルドヴィクス・ガーデン』。そこの卒業生なのよ、私」

そう言うと、祖母は懐から双剣と鷲獅子の絵が描かれた騎士位バッジを取り出し、それをあたしへと見せてきた。

それは間違いなく、王国の聖騎士が持つバッジ——聖騎士位を示す、本物の勲章だった。

あたしはそのバッジに、思わずポカンと口を開け、唖然として驚いてしまう。

「お婆様が、聖騎士……？」

「ええ、そうよ。驚いたかしら？」

「け——」

「ん？」

「あ……あたしに、稽古を付けてっ!! お婆様っ!!」

思わず、怒鳴りつけるようにそう叫んでしまった。

少し、失礼な物言いだったかと、あたしは慌てるが……お婆様はあたしのその言葉にコクリと、微笑みながら頷いてくれた。

「ええ、いいわよ。朝ご飯まで時間があるから、少しだけ見てあげる。さぁ、さっきやっていた素振りをもう一度私に見せて頂戴、ロザレナちゃん」

「わ、分かったわ!!」

あたしは箒を構え、再び、剣の素振りを再開させた。

「えいっ！　えいっ！　えいっ！」

「もっと右足を前に出して、まっすぐ剣を上段に構えて……そう、後はもう少し腰を引くと良いかしら。ロザレナちゃん、覚えておきなさい。剣を振るということはまず第一に、姿勢に気を付けなければならないのよ」

隣に立ってあたしにそう声を掛けてくるお婆様。

そんな彼女にコクリと頷くと、あたしは剣の素振りを再開させた。

「えいっ！　そりゃっ！　えいっ！」

「今度は重心が前足に偏っているわ。上段から頭部を狙った振り降ろし……この型を『唐竹(からたけ)』と呼ぶのだけれど、この動きは大振りが故に隙が大きいの。だから、剣を振る瞬間に強く前へと足を踏み込み、相手がカウンターを仕掛けてくる前に、一気に決着を付けなければならないわ。足の踏み込みとスピードが重要なのよ」

「は、はいっ!!　えいっ!!　そりゃぁあっ!!」

「……腰が前に出すぎている。剣を振った後は即座に重心を後方に持って行きなさい」

「はいっ!!　えいやっ!!　そりゃあっ!!　えいいいぃっ!!」

「うん、そう……そうね、最後の振りだけはギリギリ合格ラインね。ちゃんと腰が引けているし、重心の運び方も整ってきているわ。その姿勢が大事よ。物覚えと理解が早いわね、ロザレナちゃんは」

「ゼェゼェ……あ、ありがとう、お婆様(ばあさま)……」

「でも、年齢にしては体力が無い方ね。……って、まぁ、それは仕方ないのかしらね。今までずっと病気で入院していたのだから」

そう言ってお婆様は懐からハンカチを取り出すと、地面に座り込んでしまったあたしの額に、そのハンカチを当てて汗を拭き取ってくれる。

そして一頻り汗を拭き終えると、優しい微笑みを浮かべ、あたしの横にちょこんと三角座りをしてきた。

「ロザレナちゃんは、どうして剣の腕を磨きたいのかしら？」

突如隣から投げかけられたその問いに、あたしはどう答えようか悩んだ末に、率直に今思っていることを答えてみることにした。

「あたしは……あたしには、絶対に追い付きたい人がいるの。その人の隣に、自信を持って立って、背中を守れる自分になりたい。だから、あたしは剣の腕を磨きたいの。好きな人と対等な自分になりたいのよ、あたしは」

そう答えると、祖母は驚いたように目をパチパチと瞬かせた。

「へぇ？　その答えにはお婆ちゃん、びっくりしちゃったわ。だって、以前医院にいた頃のロザレナちゃんってば、伝記に載っているような『剣聖』様になりたいって、いつも口酸っぱく言っていたじゃない？　それなのに、どうして急にそんなことを？　もう『剣聖』になるのは諦めたの？」

「そうじゃないわ。今も、『剣聖』はあたしの目指す目標ではあるわ。だけど、あたしにとって『剣聖』はただの通過点でしか無くなったの。だって、それ以上に凄い人が、憧れの人が、目の前に現れたんですもの。あの人を超えることこそが、あたしの目指す生きる道になったのよ」

「憧れの人？　ふーん？　もしかして、それって……アネットちゃんのこと？」

「ッ!?　ど、どどど、どうして分かったのよっ!?」

「フフフッ、単なるカマ掛けよ。そっかぁ、ロザレナちゃんの憧れの人って、アネットちゃんなんだぁ、へぇ」

「も、もう、からかわないでよ、お婆様!!」

「フフフフ。……ん？　でも、アネットちゃんって、産まれてからずっとメイドの仕事をしてきたって、マグレットから聞いていたような……それなのにそんなに剣の腕があるんだ？　それはちょっと意外かなぁ」

そう言って不思議そうな顔をして小首を傾げるお婆様。

その顔はどう見ても、子供のレベルで剣が上手いんだろうな、と、そう思っている様子だった。

お婆様の想像している百倍、アネットの剣は凄いのだけれど……これって、誰に言っても信じて貰えないのよね。

あたしがいくらあの時起こった真実を語っても、お父様もお母様も、アネットが護身術の類を覚えている程度にしかあの子の凄さを理解してくれなかった。

どんなに熱弁しても、みんな、アネットがどれだけ強いのかを分かってくれないんだ。

それが何でなのかは……多分、私がまだ幼い子供だからなのだろう。

本当、大人って子供の言うことを何でもかんでも嘘だと思っちゃっているのね。嫌になるわ。

「あら？　どうしたの、ロザレナちゃん？　急に不機嫌そうな顔しちゃって？」

「……別に。何でもないわ」

「もう、どうしちゃったのかしら……」

そう言って困ったように小さく息を溢すと、お婆様は前方へと顔を向け、中庭に聳え立つ紅葉した巨大な老木へと視線を向ける。

そして、過去を懐かしむようにポツリと、静かに言葉を溢した。

「憧れの人のために剣を振る、か……。やっぱり、血は争えないのね」

「え？」

「お婆ちゃんもね、ロザレナちゃんと同じように、ある人を追いかけて剣の道を歩んでいた時期があったんだ。その人に逢いたいがために、聖騎士養成学校に入学して、剣の修練に励んでいたわ」

「それって……お爺様のこと？」

「ううん、違う人のこと。あっ、今から話すことはお爺ちゃんには内緒よ？　あの人が聞いたら、嫉妬で苦しんじゃいますからね」

そう口にしてカラカラと明るく笑った後、お婆様は自身の過去について語りだした。

——その剣が異質なものであると、一目見た瞬間に私は理解した。

一太刀で全てのものを抹消し、一太刀でこの世界に大きな傷跡を残す覇王の剣。

私は、王都の路地裏で悪漢たちを一瞬にして消し去ったその青年の姿に、眼を見開き、ただただ茫然としたまま倒れ伏すことしかできなかった。

『大丈夫か、嬢ちゃん』

眼前に手が差し伸べられる。

本来であれば、ここで彼の手を借りて、悪漢から助けてくれたお礼を私はこの青年に言わなければならないだろう。

だが……私の口からは、声が出なかった。

剣の一振りで路地裏の道を崩落させ、悪漢たちを肉片ひとつ残さずに消し去った、想像の範疇を超えた彼のその力に……私は感謝よりも先に怯えの感情を抱いてしまっていたのだ。

そんな私の感情を表情から察したのか——青年は手を引っ込めると、自虐的な笑みを浮かべた。

『ハハハ、怖いか。まっ、そりゃそうだよな。こんな力……どう見ても人間のそれじゃねぇよな』

そう言って青年はため息を溢すと、背中を見せて、その場から去って行く。

そして手をヒラヒラとあげると、悲しそうな声色で私に言葉を放った。

『すぐに聖騎士の連中を呼んでくるから、そこでジッとしてろよ。ったく、もうこんな危ねー場所に顔を出すんじゃねぇぞ、貴族のねーちゃん』

『ッ!!——ッッッ!!』

彼にお礼が言いたくて、何とか声を発しようと試みるが……何故か、思うように声を発することができなかった。

助けてくれたことに、ちゃんとお礼が言いたかったのに。

その手を取らずに怯えてしまったことを、ちゃんと謝罪したかったのに。

なのに、まるで喉の奥に何か詰まってしまったかのように、上手く声を出すことができなくなっていた。

『……ッ!! ま……待っ、て……!!』

何とか絞り出すように声を出してみたものの、そんなか細い声は当然、彼に届くことはなく。

最強の『剣聖』、アーノイック・ブルシュトロームは、路地裏に私を残し、颯爽とその場から去って行ってしまったのであった。

その後、私は何としてでもあの青年にお礼と謝罪がしたくて、お父様に今代の『剣聖』様にお目通しができないかどうかを懇願してみた。

だけど、私は先月、分家筋の親類であるギュスターヴと婚約を交わした身だ。

婚約者ではない男と二人で逢引きするなど言語道断と、父はアーノイック様との面会を許してはくださらなかった。

でも、私は、何としてでも……あの御方に再会したかった。

あの時の彼の悲しそうな表情と、怖がられることに慣れてしまったのか、諦念の籠った冷たいあの漆黒の瞳……。

あの顔と瞳、あの時の光景全てが、寝ても覚めても頭から離れてくれることが無かったから。

もう一度会って、謝って、それから……あの御方と心を通わせてお話をしてみたかった。

『はぁ……』

御屋敷(おやしき)の二階の窓から、中庭に聳え立つ老木を、私はため息を溢しながらボーッと見つめる。

すると、そんな私の姿を不思議に思ったのか、背後に立っていたマグレットが首を傾げながら声を掛けてきた。

『あの、メアリーお嬢様、如何(いかが)なされたのですか？』

幼い頃から一緒にこの御屋敷で育ってきた親友である彼女ならば、今の私のこの気持ちを理解してくれるかもしれない。

そう思った私は、今の状況を包み隠さず、彼女に話してみることにした。

『マグレット……私、どうすれば良いのかしら……。御家(おいえ)が決めた婚約者がいる身だというのに、何故か……何故か、他の殿方のことが頭から離れてはくれないのよ……』

『は？　え？　えぇぇっ!?』

目をまん丸にして、ポニーテールを左右に揺らしながら驚くマグレット。

思ったよりも、彼女は恋愛事には疎いようだ。

いつもキリッとした顔をし、常に凛(りん)とした表情をしている彼女が、私の恋愛事でここまで驚くなんて……何だかちょっと面白いかも。

でも、いつものように彼女をからかって遊ぶ気力が、今の私にはない。

今胸中に浮かぶのは、婚約者であるギュスターヴと、お礼を言えなかったアーノイック様への罪悪感だけだ。

私はモヤモヤとして破裂しそうになった胸を右手で押さえ、再び、ハァと、悩まし気にため息を吐いた。

それから二年の歳月が経った。

十七歳になった私は、父を説得し、何とか聖騎士養成学校に入学することを果たした。

何故、聖騎士養成学校に入学したかと言うと、それは……風の噂でアーノイック様がこの学校に入学する意志があることを聞いていたからだ。

だから、アーノイック様目当てであることを父には伏せ、花嫁修業（無理やりなこじ付け）と称し、聖騎士養成学校へと入学することに成功した。

だけど、ここは四大騎士公のバルトシュタイン家が運営している学校だ。

それ故に、四大騎士公の中では爪弾き者にされているレティキュラータス家の立場は、この学校の中ではあまりよろしくなかった。

それでも、持ち前の明るさと底意地の悪さを武器に、何とか友人を作り、何とか足場を固め、それなりに楽しく学校生活を送ることはできていた。

自分でも驚いたことに、何も才覚がないと思っていたら、私にはそれなりに剣の腕があったらしく、なんと在学中に聖騎士位の叙勲を果たすことも叶ったのだった。

学校生活は勉学、交友共に、とても充実した日々を送ることができていたと言えるだろう。

そう、学校生活は別段、悪くはなかったのだが……私の本来の目的であった、彼はというと……。

『はぁ。アーノイック様はいったい、いつ入学してくるのかしら……？』

最終学年の四期生になっても、アーノイック・ブルシュトローム様が聖騎士養成学校に入学してくることは、無かった。

あの灰色の髪の超絶イケメンに再びお逢いしたかったというのに、あの時のお礼と謝罪を言って、私のこの恋心が本物かどうかを確かめたかったのに……。

彼が、私の前に姿を現すことは、あの過去の一件以来一度も無く。

結局、私は卒業後、お家の意向に従い分家筋のギュスターヴと結婚する顚末となったわけだ。

◇　◇　◇　◇　◇

「――ってなことでね、お婆ちゃんもロザレナちゃんと一緒で……昔は好きな人のために剣を習っていたのよ」

そう、昔話を語ったお婆様は、懐かしそうに眼を細めて、落葉する木々の落ち葉たちをジッと静かに眺めていた。

今まであたしは腕を組んで、黙ってお婆様のお話を聞いていたのだけれど……話を聞き終わったところで、思わず首を捻ってしまう。

「あの、お婆様。それって、全然あたしと違わないかしら？」

「え？　どうして？」

「だって、お婆様はアーノイック・ブルシュトロームに逢いたいがために騎士学校に入って、ついでに剣の修行をしていただけなんでしょ？　あたしは、アネットの隣に立てるくらいの剣士になりたいから剣の修行をしているのよ。全然剣を振る目的が違うじゃない」

「そうかしら？　好きな人のために剣を学ぶ……その意味合いは同じじゃなくって？」

「うーん……お婆様のは何というか、一番の目的が好きな人に逢うためだけになっちゃってる感じじゃない？　あたしは、アネットのことは勿論好きだけど、同じくらいの想いで剣の道も極めたいと思っているの。だから、お婆様とあたしは、剣を振る理由が全然違うと思うわ」

そう言うと、お婆様はフフフと笑い、あたしの頭を優しく撫でてきた。

「そうね、ロザレナちゃんとはちょっと違うかもね。私は自分がアーノイック様の隣に立てるような剣士になれるだなんて、端から無理だと諦めてしまっていたからね。そこが、私のこの初恋が失敗に終わった要因……だったのかもしれないわ」

「……」

何処か寂しそうな表情をして、虚空を見つめるお婆様。

あたしはそんなお婆様を励まそうと、彼女の前に行き、腰に手を当てて仁王立ちする。

「お婆様の叶えられなかった、その初恋は……代わりにあたしが叶えてみせるからっ！」

「え？」

「あたしは自分のこの……その、初恋、は、絶対に叶えてみせるんだから。だから、一緒にしないでよねっ！」

「フフッ、もしかして励まそうとしてくれているのかしら？」

「ち、違うわよ。あたしは、お婆様とは違うってことを証明したいの。あたしは自分の力で、好きな人も剣の腕もどっちも手に入れて見せる。絶対にね！」

「そう……じゃあ、陰ながら応援しているわね」

そう口にして、お婆様は私の頭をさらに強く撫でながら、優しい微笑みを浮かべるのだった。

◇　◇　◇　◇　◇

《アネット視点》

「そうか……メアリー夫人は、あの時に助けたご令嬢だったのか」

老木の裏に隠れながら、先程から盗み聞きしていた夫人の過去の話を思い返し、俺はポリポリと頬を掻く。

流石に十代の頃のことなんて、頭からすっぽりと抜けてしまっていたからな。

忘れていたのも当然、か。

「それにしても、こうして夫人の昔話を盗み聞きしていなければ、過去に接点があったことなんて分かりはしなかったな」

しかし、何とも数奇な運命といえるな、これは。

生前の俺を知っている人間が、まさかこのレティキュラータス家にいたなんて、考えもしなかったことだ。

本当に人生、どう転ぶかなんて分かったものじゃねぇな。

まぁ、髭モジャのオッサンからメイド美少女に転生した俺より意味不明なことなんて、早々起こることじゃないと思うけれどな。

とにかく、あの時のあの少女が俺に対してどういう気持ちを抱いていたのかが、今ここで分かって……本当に良かったと思う。

俺の力……【覇王剣】に恐怖心を抱いても、それでも尚、俺に礼をしたいと行動を起こし、騎士学校にまで入った彼女には、純粋に感謝の念しかない。

当時の俺がもしメアリーと再会していたのなら、きっと、運命は大きく異なっていたのだろう。

人々に怯えられることに辟易して【覇王剣】を封じることも無かっただろうし、【覇王剣】を封じたせいでジェネディクトを逃がしてしまうミスも犯さなかっただろうし。

多分、人の温かさを早々に理解していたのなら、リトリシアと出逢うことも無かったのだろう。

師匠も……もしかしたらもっと長く生きていたのかもしれない。

彼女のような優しい女性に出逢っていたら、俺は違う生き方をして、違う人間になっていたのかもしれないと思うと、何とも言えない感情が胸中に芽生えてくる。

「いや……これは、たられはの話で、無意味な妄想だな。俺と彼女は出逢わなかった。だからこそ、今のこの未来がある」

俺はそう独り言を呟き、老木から離れる。

そして、足音を立てずに踵を返すと、仲睦まじく会話をする老婆と孫娘を邪魔しないよう、その場から静かに離れていった。

夫人の話を盗み聞きした、その日の晩。

マグレットが腕によりをかけて作った豪勢な食事を囲みながら、レティキュラータス家の一族は楽しげに食事を摂(と)っていた。

長テーブルの上座には現レティキュラータス伯爵であるエルジオ様が座っており、左側には奥方様であるナレッサ様、その隣にロザレナ様、そして向かい合う形で右側にはギュスターヴ様とメアリー夫人が座っている。

彼らは皆仲良く談笑しながら、ナイフとフォークを使って、料理を思い思いに口に運んでいた。

そんな家族たちの様子を見つめながら、俺は常に壁際に立ち、空いたグラスを見つけたら静かに座席に近寄り、背後からそっと水を注いでいく。

この御屋敷の方たちは本当に優しい人ばかりで、水くらい自分で入れるから一緒に食事を摂ろうと言ってくださるのだが……流石にそれは俺の分の仕事の負担がマグレットに回り、彼女のタスクが多くなってしまうので、遠慮させて貰っている。

基本的に俺たちメイドが食事を摂るのは主人であるレティキュラータス家の一族が会食を終えて、後片付けが済んでからであり、けっして彼らと共に食事を摂ることはしないのが鉄則だ。

最初は、腹を空かした状態で目の前でメシを食われているこの光景の中、壁際にジッと待機しなきゃならないのには大分堪えたものだが……もうメイドとなって長いこと経つからな。

この光景を目の当たりにしてもお腹を鳴らすなんてことは無くなったし、概ねどんなメイド業であろうと、卒なくこなすくらいにはこの生活環境にも慣れていた。

いや、元オッサンとしては、メイド生活に慣れちゃいけないんだろうけどね、うん……。

まぁ、でも、命のやり取りをするような殺伐とした戦場と違い、仲睦まじい家族を眺めるこんな平穏無事な生活も、悪くはないものだ。

生前の俺が求めて止まなかった暖かな家庭の姿が、ここにはある。

「そうそう、エルジオ。貴方に言っておかなければならないことがありました」

口元をナプキンで拭き、メアリー夫人は上座に座る伯爵へと視線を向ける。

その視線に頷いて応えると、伯爵は穏やかな笑みを自身の母親へと返した。

「何ですか？　お母様」

「ロザレナちゃん、十五歳になったら王都の聖騎士養成学校に通いたいんですって。構わないわよね？」

「えっと……ロザレナ、前から騎士学校に通いたいということは聞いていたけれど、本気なのかい？」

「はい、お父様。どうか、あたしが騎士学校に入学することをお許しくださいませんか？」

珍しく敬語を使い、真面目な様相で伯爵にそう懇願するロザレナ。

そんな彼女に、伯爵は難しい顔をして、腕を組んだ。

「うーん。そうか。王都の聖騎士養成学校というのは、もしかしなくても『ルドヴィクス・ガーデン』のことかな？」

「はい、そうです」

「そう、だよなぁ。うーむ、どうしたものか……」

「何をそんなに悩んでいるのですか、エルジオ。娘が騎士を志しているなんて、素敵なことでしょう？」

「それは勿論、そうなのですが……。『ルドヴィクス・ガーデン』の入学金は、今の困窮しているレティキュラータス家の財政では、ちょっと厳しいものがありまして……」

伯爵のその言葉に、ギュスターヴ老がワインを片手にハンと鼻を鳴らす。

「まぁ、そうだろうな。王政に携わっていないレティキュラータス家では、華族学校である『ルドヴィクス・ガーデン』の入学金など、難しかろうて」

「お恥ずかしながら、仰る通りです、お父様」

「ロザレナの医療費に充てたから、蓄えもそんなに残っていないのだろう？」

「ええ。ご存知かと思いますが、今のレティキュラータス家は、領民の税によって何とか生き繋いでいる有様でして……財政的には厳しいものがあるのですよ」

「フン。そんなこと、言われんでも分かっている」

そう口にすると、ギュスターヴ老はワインを一口含み、再び開口した。

「あの学校を運営している彼奴ら……バルトシュタイン家に金が流れるのは癪だが、足りなければワシの貯金から捻出してやる。可愛い孫娘のためだからな。身銭くらい切ってやろう」

「!? お、お父様、それは……!!」

父のその発言に伯爵は目を大きく見開き、席から立ち上がると、困惑の声を上げる。

だが、それを手のひらで押しとどめると、ギュスターヴ老は不敵に笑ってみせた。

「何、心配はするな。別邸を売っても、残り少ない余生を細々とやっていけるだけの蓄えはある。別段、問題はない」

「し、しかし、そのようなことをしては、お父様にご迷惑が……」

「そうよ、ギュスターヴ。別邸を売るだけじゃ二人分の入学金には届かないわ。残りの貯蓄も全部放出しないと！」

「だから、心配はするなと言っておろう、メアリー……え？　二人分？」

「そうよ。『ルドヴィクス・ガーデン』には、ロザレナちゃんだけではなく、アネットちゃんも入学するのだから。お金、足りないでしょう？」

その言葉に、俺は思わず手に持っていた水差しを落としそうになってしまった。

だが、驚いたのは俺だけではなかったようで。

ロザレナとメアリー夫人以外の、その場にいた人たちは皆一様に、目を丸くさせていたのだった。

「ちょ、ちょっとお待ちください、メアリー様。アネットが『ルドヴィクス・ガーデン』に入学するというのは……いったい、どういうことなのでしょうか!?」

その会話を聞いてか、マグレットは配膳の手を止め、メアリー夫人の方へと青白くなった顔を向ける。

そんな彼女に夫人はにこやかに微笑むと、ロザレナへと視線を向けた。

「だって、あの学校はバルトシュタイン家の支配下……謂わば、敵地なわけよ？　そんなところに私の大切な孫娘を一人で通わせるなんて危険極まりないこと、できるわけないでしょう？　警護と世話係として側仕えの者が必要だわ」

「そ、それは、可笑しな話ではないでしょうか？　だってメアリーお嬢様は、かつてあの学校にお一人で入学を……」

「もう！　私とロザレナを一緒にしないで頂戴!!　この子は私のように捻じ曲がっていな

い、純粋でまっすぐな子なのよ!! 誰かが側にいなかったら……あの性根の腐ったバルトシュタイン家の者たちに、いじめられてしまうに違いないわ!!」

そう言ってメアリー夫人は席を立つと、ロザレナの背後に立ち、よしよしとその頭を抱えるようにして撫で始める。

当のロザレナ本人はというと、その行為に何処か不満があったようだが……口を閉ざし、この場では耐えている様子だった。

(なるほど、な。お嬢様のこの様子から見て……ロザレナと夫人は事前に結託していたと見て良さそうだな)

ロザレナは俺と共に騎士学校に入学することを強く切望していた。

だから、夫人を自らの味方に引き入れ、俺を騎士学校へと入れるカードとして切ってきたわけか。

ククク、なるほど、中々面白れぇことをしてくるじゃねぇか。存外、頭の回る策を打ってきやがる。

確かに、彼女の側仕え兼ボディーガードとして俺を入学させると、雇い主である伯爵が認めさえすれば、使用人である俺はその指示には従わざるを得なくなる。

伯爵が夫人の意見を受け入れれば、それこそ一介のメイドである俺に、その命令を撤回させる力はないわけだからな。

そういえば今朝、ロザレナは夫人に剣の稽古を付けて貰い、その後は仲良く談笑していた様子だったが……もしや俺が去った後、この協力を取り付けていたのか？

まったく、してやられた、ということか。

俺はロザレナのことを、子供だからと言って少々舐めていたのかもしれないな。

「お嬢様。そんなに私と一緒に学校に通いたいのですか？」

「あっかんべー」

彼女にそう声を掛けてみるが、肩越しにこちらを振り返り、べーっと舌を出されるだけだった。

俺は彼女のそんな姿に、思わず呆れた笑みを浮かべてしまう。

「それで、どうなの、エルジオ。私たちが二人の入学金を払うから、お金のことに関しては問題はなくなったわよ？　ロザレナたちが聖騎士養成学校に入学すること、認めてくれるかしら？」

「え？　ワシ、マグレットの孫が入学することに関しては同意してないよ？」

「黙っていなさい、ギュスターヴ。これは、私が決定したことです。その意味を、ちゃんと理解していますよね？」

その言葉に、ギュスターヴ老は苦い笑みを浮かべて、静かにため息を溢した。

「ハァ……。こうなったらこやつは何を言っても梃子でも動かぬわい。マグレット、デザートはあるかの？　久々にお主の作ったプディングが食べたいわい」

「ご、ございますが……奥様を止めなくてもよろしいのですか？　二人分の入学金ともなると、流石にギュスターヴ様も手持ちの邸宅を全て手放してしまうことになるかと思うのですが……」

「お前さんだって長い付き合いなんだから、分かっているだろ。ああなるともう、メアリーは手を付けられんよ。あやつは、口八丁に舌戦のみで家督を手に入れた女傑だからな。ただの善人であるエルジオじゃ勝ち目なんてありはせん。家のことは……まぁ、心配はするな。この屋敷の空いた部屋でも間借りさせて貰うとするよ」

そう口にして、ギュスターヴはマグレットにプディングの用意を命じると、もう自分は蚊帳の外にいるとばかりに口笛を吹き始めた。

残るのは、難しい顔をして夫人の顔を見つめるエルジオ伯爵と、おろおろと狼狽えるナレッサ奥様のみ。

そんな二人が対峙するのは、優しい微笑みを浮かべているだけなのに、誰にも有無を言わせない厳めしい雰囲気を身に纏っているメアリー夫人だった。

これは……やばいな。

ロザレナを子供と見て見誤ったこともそうだが、味方に付けられたのがこの夫人だったのが、痛恨の極みかもしれない。

……この光景から推察してようやく理解した。

レティキュラータス家において最も権力と発言力を持っているのは、エルジオ伯爵でも先代当主ギュスターヴ老でもない。

先代当主の妻、メアリー・セナ・レティキュラータスこそが、現レティキュラータス家において最も力を握っている人物だということを、俺は今になって理解したのだった。

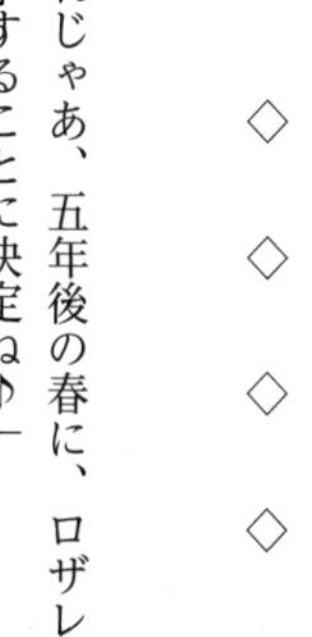

「それじゃあ、五年後の春に、ロザレナちゃんとアネットちゃんは仲良く聖騎士養成学校に入学することに決定ね♪」

そう言うと、メアリー夫人は疲れた顔の面々に、明るい声音でそう言い放つ。

そして席に座り直し、ロザレナの方へと視線を向けると、夫人は真剣な表情をして口を開いた。

「良いこと、ロザレナちゃん。これは謂わば、投資でもあるのですからね」

「投資？」

「そう。多分、このままの状態だったら、このレティキュラータス家は数十年後に没落するのは免れないと思うの。王政からも見放され、他の四大騎士公に並ぶ程の格も我が家には何もない。その点は……理解しているわよね？」

「うん」

「良かった。だからね、聖騎士養成学校でロザレナちゃんとアネットちゃんには、この家の格を取り戻せるような何かを手に入れてきて貰って欲しいのよ。卒業して、ただ聖騎士の叙勲を頂くだけじゃ駄目。……そうね、せめて『剣神』くらいにはなって貰わないと、この投資の釣り合いは取れないかしら」

「『剣神』って、お前……。在学の四年間だけで、そりゃいくら何でも無茶だろう。最強の称号である『剣聖』のひとつ下。つまりは、人の域を逸脱した超人だけがなれる『剣聖』を除けば、実質的な剣士の頂。それが、『剣神』じゃぞ？　ちょいとその条件は厳しすぎやしないかの？」

「勿論分かっているわ。でも、せめて『剣神』くらいの格をこの家に持って来れなければ、王家がレティキュラータス家に再び目を向けてくれることはないと思うの」

「確かにそれは、そうだろうが……」

難しい顔をして、腕を組み、うーんと唸るギュスターヴ老を無視し、メアリー夫人は再度ロザレナ、そして背後に立つ俺へと視線を向け、口を開く。

「良いこと、二人とも。『剣神』の称号を持てる人間はこの世界でたった四人だけ。今の剣神は……【蒼焔剣】ハインライン・ロックベルト。【旋風剣】ルティカ・オーギュストハイム。【死神剣】ジャストラム・グリムガルド。【氷絶剣】ヴィンセント・フォン・バルトシュタイン。在学中に剣の腕を極めて、いつかこの四人の内誰か一人を倒して、その座を奪っちゃいなさい。いいわね？」

「その程度のこと、簡単なことよ!!　だって、あたしたちが目指しているのは『剣神』ではなく、『剣聖』なんだからねっ!!　だから『剣神』なんてただの通過点として、けちょんけちょんにしてやっつけてやるんだからっ!!　ねっ!!　アネット!!」

「……お嬢様。私は、『剣聖』など、目指してはおりません……。私は、ただのメイドです……」

「あんな力を持っている貴方(あなた)が、ただのメイドな訳ないじゃない!!　くぅ〜、ワクワクしてくるわね!!　五年後、あたしたちの剣士の道がついに開かれるのよ!!　アネットの実力もその時になってようやく衆目に晒(さら)されることになるのだろうし……ドキドキが止まらないわ!!」

「……全然、ドキドキしません……私はもう隠居させてください、お嬢様……」

そんな俺たちのやり取りをニコニコと笑みを浮かべて眺めていたメアリー夫人は、突如「あっ」と、何かを思い出したように大きく口を開いた。

「そうだ、大事なこと忘れていたわ！　聖騎士養成学校に入るには、信仰系魔法が使えることが必須条件なの！　ロザレナちゃんとアネットちゃんは、信仰系魔法は、使え……」

「使えないわ」

「前に同じくです」

「そうよね、使えないわよね。レティキュラータス家は特別、セレーネ教に信心深い家系でも無いわけだし……」

「その、信仰系魔法？っていうのは、何処で習得できるものなの？　お婆様（ばあさま）」

「王都にある修道院で何年か学ぶことで、大抵の人は習得することができるわ。私も十歳くらいの時に、礼節を学ぶためにお父様に放り込まれたことがあったからね。簡単な治癒魔法くらいなら、今でも使うことができるのよ？」

そう言って、夫人は手のひらの上に淡い光の球を浮かべてみせた。

それは低級治癒魔法、【ライトヒーリング】の効果だった。

通常の人間ならば、その光に神聖で尊いものを感じるのだろうが……この治癒魔法特有の光は、俺にとっては苦い記憶のあるもの。

何たって、ジェネディクトが俺の身体（からだ）を痛めつけては回復させていた代物と同じ属性の魔法だからな。

あの時の光景を思い出したのか、ロザレナはその魔法の光に、あからさまに嫌悪感を示してしまっていた。

「あら、突然眉間に皺（しわ）を寄せて……どうしたの、ロザレナちゃん？」

「な、何でもないわ。それよりも、その修道院で学ぶのに、聖騎士養成学校みたいに入学金？　とかは必要じゃないの？」

「気持ちだけのお布施だけで構わないみたいよ。だから、修道院に関してはそんなにお金は必要ないの。安心してね」

その言葉にホッと安堵（あんど）の息を吐くロザレナ。

どうやら彼女は、祖父母のお金を使わせて貰うという自覚はあるみたいだな。

ただ我儘を言って祖母を強請ったのではないことが分かって、その点は一先ず安心だ。

いや、俺の望む平穏無事なメイド生活にヒビが入ってきているのだから、全くもって安心してはいられないんだがな……。

「それじゃあ、明日辺りにでも王都に行って、春から修道院で二人が学べるかどうか聞いてくるわね。ロザレナちゃんとアネットちゃんも一緒について来る？」

「行くわ!!」

「……私は、御屋敷のお仕事がありますので、遠慮させていただきます」

俺のその言葉に、マグレットは優しげな微笑みを向けてくる。

「別に私に気を使ってくれなくても、一日くらいは別に――」

「いいえお婆様!!　私は!!　お婆様にご迷惑をお掛けしたくはないのです!!　なので!!　明日は!!　御屋敷でお仕事をしたいと思います!!」

「そ、そうかい？　だ、だったらお願いする、ね？」

俺の気迫に、たじたじになるマグレット。

生前は、セレーネ教の経典になど欠片も興味無かったのに、神など信じてもいなかったというのに。

俺はこれから修道院で、最も自分とは相性が悪いであろう魔法、信仰系魔法を学ばなければならないのか……。

今度はメイドからシスターに転職とか、髭モジャオッサンだった頃からどんどんかけ離れた存在になっていくな、俺……。

なんだか、俺の中のかつての自分、筋骨隆々の古傷だらけのオッサンが、膝を抱えてシクシクと泣いているように思えた。

翌日。午後四時半。

王都から帰ってきたメアリー夫人とロザレナを出迎えるために、門の前へと向かったのだが……馬車から降りてきたロザレナの顔が、元気いっぱいだった今朝と違って、何故かどんよりとした気配に染まっていた。

顔を俯かせ、絶望した表情のまま、目の前に立つ俺に何も発さずに……ロザレナは屋敷の中へと戻っていく。

そんな彼女に首を傾げていると、馬車から降りて来た夫人が残念そうに俺へと声を掛けてきた。

「修道院に行ってきたんだけどね、何か、今年は入信者がとっても多かったみたいで……

あと一枠しか、信徒を受け入れることができないそうよ」

「一枠、ですか。でしたら、ロザレナお嬢様だけは入信することができますよね？　それなのに何故、お嬢様はあんなに落ち込んでいらっしゃるのでしょうか？」

「もう、分かっているでしょう？　あの子は、アネットちゃんと一緒に学びたかったのよ。だから、あんなに落ち込んでいるの」

「そう、ですか……」

「ロザレナちゃん、一枠しかないと聞いた途端に即答で断ってきちゃったのよ？　アネットと修道院に入れないいんじゃ意味がないって、そう叫んでね。本当に好かれているのね、貴方は」

ロザレナが俺を慕ってくれているのは、あれだけ四六時中ベタベタしてくることからして、言われるまでもなく理解している。

だけど、自らの夢への道が目の前にあるというのに、それを自分自身で閉ざしてしまうまでに、俺のことが好きだというのは……想像してはいなかった。

その好意は、少し、いやかなり、度が過ぎてしまっているな。

俺という存在に彼女の人生が左右されてしまうのは、正直……良くない兆候だ。

ロザレナの中の俺への好意の感情が暴走し、依存へと傾き始めてしまっていると言っても良い。

今ここで何とかしなければ、彼女のこの先に待っているのは成長の閉ざされた未来だけだろう。

「メアリー様」

「えぇ、分かっているわ、アネットちゃん。……フフ、聞いていた通りに賢い子ね、貴方は。あの子の現状をちゃんと理解してくれているのね」

「……少し、お嬢様とお話をしてまいります。その後のケアは……お任せしてもよろしいでしょうか？」

「ええ。その点については任せて頂戴」

そう言って、夫人にお嬢様へのケアを頼み、俺は屋敷の中へと戻って行った。

◇　◇　◇　◇　◇

「お嬢様、入ってもよろしいでしょうか？」

控えめに数回ノックすると、扉の向こうから「入って」と声が聞こえて来た。

俺はドアノブを回し、中へと入る。

すると、お嬢様はいつもの天蓋付きのベッドの上で横になっていた。

いつもと違うのは、瞼を赤く腫らし、泣いた跡が見えることくらいだろうか。

俺は、部屋の中央にあるテーブルから手近な椅子を引っ張り出し、お嬢様の顔がよく見えるようにベッドの横に置き、座った。

そんなこちらの様子に、ロザレナは上体を起こすと、こちらにジト目を向けてくる。

「修道院……二人で入れないんだって」

「はい。メアリー様から先程聞きました。今年は入信する信徒の数が多かったみたいですね」

「本当、ついてない。でも、まだ来年がある。来年こそは一緒に修道院で学ぶわよ、アネット」

「お嬢様……前に私が話したこと、覚えていらっしゃいますか？」

「前に話したこと？」

「はい。剣を多く振っている者と、本を読んでいる者。どちらがより『剣聖』に近いか、ということです」

「勿論、覚えているわよ。丁度、この部屋で貴方に言われたからね。あの時の貴方は本当、仲良くなれる気がしなかったわ」

「少々、厳しすぎることを言ったなと、今でも私は反省しています。ですが……『剣聖』を目指すなら、あの時言った言葉は真実です。剣を多く振った者が、より強者となれる。努力を怠らずに前へと進んで行った者だけが、真の頂に立つことが許される……」

俺は一呼吸挟み、目を伏せた後——ベッドの上に座るロザレナを、鋭く睨みつけた。

「それなのに……お嬢様は、その程度のことで、止まってしまわれるのですか？」

「え……？」

「枠が一つしかないのなら、お嬢様のすべきことはただひとつだけです」

「ひとつ、だけ……？」

「はい。一つしか枠がないのなら……家族だろうと友人だろうと恋人だろうと、他者を蹴落とし、その枠を奪取する……自己の研鑽のためならどんな手を使ってでも前へと進み続ける。貴方が今、するべきことはそれだけです」

「ちょ、ちょっと、待ってよ、あたしは……」

「良いですか、お嬢様。むしろその枠を私から奪い取るような勢いでなければ、『剣聖』になど到底なることはできないのです。そんな、他者のために自ら歩みを止めるなど……それは愚か者のすることにすぎません」

「だ、だって、あたし、どうしてもアネットと一緒に勉強したくて!!　アネットの隣で、あたしは強くなりたいの!!　傍で貴方に見守っていて貰いたいのよ!!　どうしてそれを分かってくれないの!!」

「——ロザレナ・ウェス・レティキュラータスッ!!」

「ッ!?」

「他者を言い訳に使わないでください。お遊びではなく、本気で『剣聖』を目指すと、覚悟を持ってその口で発したのなら……俺に依存をするな。そのままじゃお前は絶対に強くなれはしない」

「アネ、ット？」

「お前はいつか俺と戦いたいんだろ？　だったらこんなくだらねぇことでいちいち躓いてんじゃねぇ。ただひたすら前だけを見て突っ走れよ、ロザレナ。世界中にいる数多の強者たちと戦い、成長し、いつの日か『剣聖』になって、俺を倒してみやがれ。それがテメェの夢なんだろ？　それともあれは妄言の類だったってのか？」

「……違う」

「まさかテメェは、俺と騎士学校でおままごとしたいがために、爺さんと婆さんから金ふんだくるつもりだったってのか？　端っから本気で『剣聖』を目指すつもりは無いってのか？　どうなんだよ、おい」

「違う!!」

　俯いていた顔を上げると、ロザレナはこちらを、キッと、強く睨み返してくる。

「あたしは、あたしは本気で『剣聖』を目指している!!　そして、本気で貴方を超えたいと思っている!!　この気持ちは嘘偽りじゃない!!」

「だったら、お前が今やるべきことは分かっているよな？」

「うん……あたしは、一人で、修道院で力を付けてくる。アネットから離れて、一人で……」

そう言うと、ボロボロと大粒の涙を流し、ロザレナは俺の胸に抱き着いてくる。

俺はそんな彼女を抱きしめ返す、なんてことはせず、ただ静かにロザレナを見守った。

「ううぅぅぇぇぇぇぇんっ!!!! アネットと離れるなんて、嫌……嫌だよぉぉぉぉぉぉ!!!! せっかく仲良くなれたのにぃぃぃぃ!!!! もっと一緒にいたいのにぃぃぃぃ!!!! 何でぇ、どうしてぇぇぇぇぇぇ!!!!」

いつも少し大人びたことを言うロザレナだが……彼女はこれでもまだ十歳の幼い女の子なんだよな。

家族に甘えたい盛りのお年頃なのだから、長期間、誰も知り合いのいない場所で暮らすことになると考えれば、その恐怖心は当たり前のこと。

俺という絶対的な味方の存在がいたからこそ、彼女は知らない場所に行くことも苦ではなかったのだろうが……このままじゃロザレナは、俺という存在に依存してしまい、将来を自ら閉ざしてしまうことになるだろう。

だからこそ、心苦しくはあるが、俺という依存対象から彼女を無理矢理引き離すことが、今後のロザレナのためになる。

彼女を真に想(おも)うのであれば——今ここにおいて、俺という人間はお嬢様の成長を阻害する最も邪魔な存在だ。

「ロザレナお嬢様。ひとつ、私の提案を聞いてはくれませんか?」

「ぐすっ、ひっぐ、……なあに?」

「これから先、お嬢様は修道院で信仰系魔法を覚えたとしても、ここに帰ってくることはせず、五年間……そのまま修道院で修行をなさっていてください」

「ご、五年も!?　な、何で!?」

「私とお嬢様は、一旦距離を空けるべきだと思うのです。お互いのためにも」

「……それは、あたしが……アネットに依存しているから？」

「それもありますが、もうひとつ理由があります」

「理由？」

「はい。単に、聖騎士養成学校に入るまでの時間を無為に過ごすのは勿体ないかと思いまして。十五歳になるその日まで、お嬢様は修道院に居た方が、多くの信仰系魔法を習得することができるのではないかと、そう思います」

「それは、確かにそうだけれど……あたしは剣の腕を磨きたいのよ？　何で信仰系魔法？」

「お嬢様、信仰系魔法を侮ってはいけませんよ。ジェネディクトが使用していたように、剣士にとって治癒魔法は必需品のようなものです。何たって、前衛職は生身で敵と相対するわけですからね。怪我を負うのは必至です。そのため、自己治癒できる剣士と、できない剣士じゃ、その生存率が大いに異なります」

「……よくわからないけど、剣士にとって魔法は大切だってこと？」

「そういうことです」

「でも、先代の『剣聖』アーノイック・ブルシュトロームは、一切魔法が使えなかったたって聞いたよ？」

「彼は……一先ず例外ということにしておきましょう。殆どの剣士が魔法を使えるのは、間違いようがない事実ですから」

そう言うと、ロザレナは俺から離れ、微笑を浮かべてこちらを見つめてきた。

「……本当にアネットは……不思議な人ね」

目元を拭い、潤んだ瞳で見つめてくるロザレナ。

その顔は、先程までの鬱屈した様子とは変わって、何処か明るげな表情に変わっていた。

「うん、分かった。アネットの言う通り、五年間、修道院に入ることにする」

「そうですか。では、お嬢様が立派に成長してこの御屋敷に帰って来られることを、私は心待ちにして待っておりますね」

「待っているだけじゃ駄目よ。貴方も空きが出来次第、修道院で信仰系魔法の習得を……って、それはあたしと離れることにならないからダメかしら。とにかく、どうにかして信仰系魔法を覚えなさい。いいわね？」

「へ？　い、いや、あの……質問なのですが、やっぱり私も聖騎士養成学校には一緒に入学しないと……いけないのでしょうか？」

「当たり前でしょ!!　あたしに五年間修道院でシスターをやれって言うのだから、貴方もあたしと一緒に騎士学校に行くことを約束しなさいっ!!　いいわねっ!!」

「でも、元はと言えば、それはお嬢様が勝手に言い出したことであって、私は……」

「い・い・わ・ね？」

「はい……了解致しました……」

有無を言わさずに頷かされてしまった。やはり、この子にもあの強者然としたメアリー夫人の血は入っているみたいだな。

まったく、将来はいったいどんな女帝になるのかが怖いですよ、おじちゃんは。

「それじゃあ、私は失礼致しますね。廊下の掃除がまだ、残っておりますので」

「待って、アネット」

椅子を所定の位置に戻し、部屋から出ようとドアノブに手を掛けた、その時。

ふいに呼び止められた俺は、「何でしょう」と口にしながら、背後を振り返った。

だが、そこに広がっていたのは……信じられない光景だった。

「……え？」

「――チュッ」

唇に触れる、柔らかい感触と、甘い香り。

そして、視界いっぱいに広がる、ロザレナの顔。

一瞬、何が起こったのか理解できなかった。

呆然としたままその場に立ち尽くしていると、ロザレナは俺から顔を離し、頬を林檎のように赤く染め、ムスッとした表情でこちらを睨んでくる。

「ほら、どうしたの。さっさと仕事に行きなさいよ」

「お、お嬢様、い、今の、は……」

「うるさい!! 早く行けって言っているの!! ほらほらほらほらっ!!」

背中を押され、半ば無理やり部屋から追い出される。

俺は人生で初めて体験した先程の行為に、意味も分からず顔を真っ赤にさせて、唖然として
してしまっていた。

◇◇◇◇◇

俺は……何ということをしてしまったんだろう……。

いや、俺自らが進んでやったことじゃないから、大丈夫だよな? 許されるよな?

そんな、幼い子供と、キ……なんて、そんなこと……。

いや、許されない!! 今のこの身体だからといって、それは許されることではない!!

今の俺をリトリシアが見たら何て言うことだろうかっ!!

まず間違いなく、汚物を見るような侮蔑の視線と共に、ペッと、唾を吐き掛けられるこ

とだろう!!

内なるリトリシア『師匠って……ロ〇コンだったんですね。もう、本当に気持ち悪いです。さっさと死んでくれませんか？って、あっ、もう私に殺されているんでしたっけ？では、もう一回殺してあげますね♪　今度は転生できないくらい木っ端みじんに斬り刻んであげます♪』

うぎぃあああああああああっ！！！！　足の指先から粉みじんにされていくぅぅぅぅぅぅ！！！！

反・治癒魔法効果の付いた、生前の俺の愛刀、【青狼刀】で、絶対に回復できないように魂ごと斬り刻まれていくぅぅぅうううぁぁぁぁあああああッッッッッ！！！！

「――ハッ!!　な、なんだ、良かった、夢だったか」

汗びっしょりで目を覚ますと、そこは自分のベッドの上だった。

肩で息をしながら何とか起き上がると、ベッドの横に置いてある姿見に、今の自分の姿が映った。

「……ボサボサの髪に、凄く憔悴しきった顔だな」

今の俺の姿を見たら、マグレットも旦那様たちも間違いなく心配してくることだろう。

でも、原因がロザレナにキ……されたこととは流石に言えないし。

こんなオッサンが、彼女のくちび……を奪ってしまっただなんて、そんな気持ち悪いこと、誰にも言えるわけがないし……。

「いやいやいや、何を怯(おび)えてんだよ、俺は!! たかがキ……だろうが!! それも、相手はただのガキだぜ!? 意識する方が気色悪いってもんだ!!」

俺はクローゼットを勢いよく開け、そこにあったいつものメイド服をハンガーごと取り、寝間着を脱いで、着替えを始める。

俺だって、もう何年も前からこの自分の幼女の身体は見飽きているんだ。

今更、メスガキとキ……したくらいで、動揺する俺じゃ……。

「いやいやいや、自分の身体とは言え、幼女の身体を見飽きているって発言は色々とやべぇだろ、オイ!!」

もう、この身体になってから男としての尊厳とか色んな大切なものを、たくさん失ってきているような気がする。

最早(もはや)、日常的にメイド服を着て女口調で喋(しゃべ)ってしまっている時点で、今更感は拭えないんだけどな……。

はぁ。前世の男だった自分が、女の自分のアネット・イークウェスにどんどん侵食されていっているような感じがするぜ……。

そのうち、男であった時の記憶とかが全部消えて、完全に女になってしまうんじゃないかと思えてくるくらいだ。

メイドの仕事は楽しいが、このままで俺、本当に男の自分を失わずに生きていくことができるのかね……。

「……仕事、頑張ろ」

今日も今日とて、ため息を溢しながら……俺はメイド服に腕を通し、部屋を出て、使用人としての一日を送っていくのであった。

「それじゃあ、みんな、行くわね」

――六ヶ月後、四月。

修道院へと旅立つロザレナを見送るために、レティキュラータス家の門の前には、旦那様、奥方様、マグレット、ギュスターヴ老、メアリー夫人、そして自分を含めた計六人が集まっていた。

皆、各々に別れの挨拶を済ませ、後は手配していた馬車にロザレナが乗り込むだけとなっていた。

パンパンに膨れ上がった大きな旅行鞄を肩に掛けた彼女は、家族全員の顔へ順に視線を向けていく。

そして、最後に俺の顔を視界に収めると、ロザレナは急に頬を真っ赤に染め、プイッと顔を横に逸らした。

「あ、あの、お嬢様……？」

あのキ……の一件以来、彼女は俺とまともに会話ができなくなってしまっていた。

顔を合わせれば今のように頬を真っ赤に染め、視線を逸らしてそっぽをむいてしまう始末。

お嬢様とはこれから五年間はまともに会話もできなくなるというのに……最後はこんなギクシャクした別れ方なんて、少し嫌だな。

なんて、そんなことを考えていると、お嬢様は意を決したかのように急に俺へと顔を向けてきた。

そして、プルプルと身体を震わせながら、ゆっくりと口を開く。

「い、行ってくるわね、アネット……」

「は……はいっ!! 行ってらっしゃいませ、お嬢様!!」

「へ、あの、それはいったいどういう……？」

「あたしが留守の間、浮気なんてしちゃだめだからねっ!!」

「べーっ、だ!!」

舌を出してあっかんべーとすると、ロザレナは急いで馬車の中へと入って行く。

そして、御者がそれを確認すると、馬車は王都へ向かってゆっくりと出発して行った。


「お嬢様――っ!!　頑張ってくださいね――っ！！！！」


まっすぐと舗装された道を進み、小さくなっていく馬車の影に、大声でそう叫ぶ。

彼女にこの声が届いたのかは定かではないが……きっと、五年後、お嬢様は一回りも二回りも大きくなって帰ってくることだろう。

彼女は『剣聖』になると、この俺に大見得を切ったんだ。

経験上、俺は理解している。

ああいう、向こう見ずな大言壮語を語る馬鹿な奴程、成功を手に入れることができるということが。

現実的に見てできるわけがないだとか、お前じゃ無理に決まっているだとか、そんなこと言う奴が世間にはごまんといるが……そんな他人の足を引っ張るような雑魚に、構う必要なんかはない。

大成する人間の殆どは、自分が絶対に頂点に立てると信じているからこそ、栄光を掴み取ることができるんだ。

端から諦めている人間が、栄光に輝くなんてことは絶対にありはしない。

自分を強く信じて、自分が凄い奴なのだと勘違いする自信過剰な馬鹿程、いずれ勝利を勝ち取れる器になれる。

だから、ロザレナ……お前は俺なんかを気にせずに、まっすぐと前へと突き進め。

お前はまだ、空っぽの器にすぎないが、経験を重ねて行けばもしかしたら……『剣聖』なんて通過点にすぎないといったお前の言葉が、本物になる日が来るかもしれない。

(——その時を楽しみにしているぜ。じゃあな、お嬢様)

そう、心の中で呟(つぶや)いた後。

完全に姿が見えなくなるまで、馬車が通って行った道を、俺はただ静かに見つめ続けた。

まっすぐと前を見据えて、意識を集中させる。

目標は、眼前にユラユラと降り落ちてくる、あの小さな木の葉だ。

かつて『剣聖』と呼ばれていた俺にとって、落ちてくる葉っぱを粉々に切り裂くことなど、造作もないこと。

腰に箒を携え、抜刀の構えを行い、タイミングを見計らって足を前へと踏み出し——そうだ、ここで、横薙ぎに剣閃を放つ！

「こらっ！　アネット!!　中庭でチャンバラごっことは何事か!!」

後頭部に向かって、拳を振るわれるが——俺はそれを身体を軽く逸らすことで難なく回避する。

すると、一瞬で回避の行動を取って見せた俺に、祖母のマグレットは空ぶった拳を確認すると同時に呆れたようにため息を吐いた。

「……まったく。図体が大きくなったと同時にすばしっこくなって。昔は私に簡単に殴られていたというのに」

「ははは、お婆様ももうお歳ですからね。身体が鈍ってきたのではないのですか？」

「バカ言うんじゃないよ。私は今も昔も変わらず現役さ。お前さんの動きが良くなったんだよ、アネット」

栗毛色の長いポニーテールが、春風に静かに揺れる。

もうすぐ、ロザレナお嬢様と別れて五年の月日が経つ。

俺はというと、この五年で背がぐんぐんと伸び、一見すれば大人の女性と相違ない様相へと変化を遂げていた。

胸が大きくなり、お尻も大きくなり……最早、生前の男の身体とは全く異なる体形になってしまったと言えるだろう。

まさか髭モジャ筋骨隆々マッチョマンだった俺が、こんな、ナイスバディのポニーテール美少女に転生してしまうとは……改めて考えると本当に意味が分からないな、この状況。

この世界に神様がいるのだとしたら、お前は何してくれてやがるんだと、しばき倒してやりたいところだ。

「ついに、明日、お嬢様が帰ってくるんだね」

そう、お婆様が感慨深そうに呟いた。

俺もその言葉に頷いて、新緑が芽吹き始めている老木に静かに視線を向ける。

「そうですね。五年……長かったようで短かったような気がします」

「フフフ、歳を取ると、時の流れが早く感じるからね。私にとってはついこの間のことのようだよ、ロザレナお嬢様がこの御屋敷を旅立たれて行ったのは」

「そうですね。その気持ちは非常によく分かります。歳を取ると、本当に時の流れが早く

感じるものです。今の私の感覚では……生前に比べれば、遅く感じるのかな？　うーん、どうなんだろ？」

「生前？　いったい何を言っているんだい、お前さんは？」

「あーっと、何でもありません。えへへ……」

「ったく、お前さんは昔から突然訳の分からないことを言う子だったよ。確か、十歳くらいの時だったか。丁度この場所で、自分が先代の剣聖だとか何とか言っていたっけね」

「も、もう、昔のことは良いではありませんか!!　中庭の掃除をしましょう掃除!!」

「お前さんのその時折変なことを呟く癖。そいつを無くさないことには、不気味がられて、嫁の貰い手がいなくなってしまうかもしれないよ？」

「別に良いですよー。私、結婚する気なんてさらさらありませんから」

中身はむさいオッサンなので、男と結婚とか……そんな誰得地獄展開、マジで勘弁して欲しいッス……。

そんな俺の心の声など、マグレットには当然届かず――彼女はニヤリと、口角を吊り上げた。

「私、知っているんだからね。この屋敷に食材を卸してくれている農家の若造が、ここに来る度にあんたのことを目で追っているのを」

「それは……きっと、私のこのポニーテールが人一倍長いから、不思議に思って視線を送っているんです。そういうことです」

「ふーん？　そうなのかい？　一度私と王都に買い物に行った時には、道行く男たちに声を掛けられまくっていたと記憶しているけれど？」

「……本当に、勘弁してください、お婆様。私、そういう恋愛事、本当に苦手なんですから……」

「フフフフ、からかってすまないね。でも、私も老い先短いからね。アネットが素敵な人を見つけて幸せになるまでは、安心してあの世に逝くこともできないのさ」

「もう、老い先が短いだなんて、そんなことを言わないでください。私にとってお婆様は、たった一人の家族なんですから」

父親は生きているのか死んでいるのかも不明だが、母であるアリサ・イークウェスの傍(そば)に最期までいなかったんだ。

生きていたとしても、十五年経っても俺に会いに来ないことから鑑みて、碌(ろく)な人物とは言えないであろうことは明白だろう。

「長生きしてくださいね、お婆様」

「さて、どうだかねぇ。ひ孫の姿を拝めたら、もっと長生きできるかもしれないねぇ」

「もう、最近はそればっかりなのですから。まったく……ん？」

「せんぱぁーい、ちょっとこっち、来てくださぁい！」

声が聴こえた方向に視線を向けると、屋敷の二階の窓を開け、クリーム色の髪のツインテールのメイドが俺を呼んでいる姿が目に入ってきた。

俺はそんな彼女に対して呆れたため息を溢すと、マグレットに視線を向ける。

「申し訳ございません、お婆様」

「あぁ、いいよ。新人の教育も次期メイド長であるお前さんの仕事だ。中庭の掃除は私がやっておくから、行っておいで」

その言葉にお礼を言いつつ、俺は、ツインテール姿のメイドの元へと歩みを進めた。


「すいませぇん、せんぱぁい。コルル、ちょっとお茶の入れ方で分からないところがあるっていうかぁ。教えて貰っても良いですかぁ?」

「はい。構いませんよ。では、厨房に向かいましょうか」


彼女の名前は、コルルシュカ・ルテナー。

先代当主のギュスターヴ老とメアリー夫人の元で長年雇っていたメイド……の娘らしい。

俺とロザレナの騎士学校の入学金を工面するために邸宅を全て売り払った先代当主とその妻は、現在、ここ本邸に移り住み、息子夫妻と共に暮らしている。

その経緯を知った先代当主夫妻の専属メイドだったルテナー婦人は、世話係として娘のコルルシュカをここへと派遣してきた、というわけなのだが……。

何というか、正直、唐突すぎてよく事情を理解しきれていないのだが……ルテナー婦人はどうやら娘のコルルシュカを立派なメイドにさせたいようで、メイドの一族として歴史長く有名なイークウェスの元で修行をさせたかった……らしく。

　娘を半ば無理やりこの家に派遣し、レティキュラータス家の使用人にしてくれと、彼女は伯爵に直談判してきたそうだ。

　けれど、この家も、財政的に厳しい状況にある。

だから、新しい使用人を雇える程の蓄えは無い様子だった。

　そう、蓄えは無いはずだったのだが——父と母が世話になった使用人の娘だからと、お人好しな伯爵は、彼女をこの家の使用人として受け入れてしまった。

　まぁ、そのような経緯があって、だな。今、この家には俺とマグレットに加え、コルルシュカというメイドが新たに仲間になっているのだ。

「せんぱぁい、こういう感じですかぁ？」

「あ、えっとね、なるべく音を立てずに注げるかな？　こう、カップとポットが垂直にならないように意識して」

「うーん、お茶ひとつ入れるのも難しいんですねぇ。勉強になりまぁす」

　見ての通り彼女は、メイドの仕事は素人に近いレベルだ。

　炊事、洗濯、掃除、どれを取っても俺とマグレットの水準とは大きくかけ離れているレベルといえるだろう。

　正直、最初はあまりにもメイドの仕事ができなさすぎて、ルテナー婦人の娘を騙った暗殺者か何かなのかと、勘ぐったくらいだ。

でも、まともな暗殺者だったら、怪しまれないようにメイドの仕事を勉強してくるだろうし……こんなあからさまに家事下手設定のキャラ付けをしてこないだろう。

それに時折、試しに遠くから彼女に殺気を放ってみたりしているんだが、全く俺の気配に気にした素振りを見せない時点で――戦事とは無関係のただの一般人の人間であることが察せられた。

というか、先代当主夫妻が彼女とは昔から面識があったみたいだから、その時点で暗殺者っていう線は限りなくゼロに近くなったわけなんだけどね、うん。

でも、だ。

でも……何か臭いんだよな、この子。

仕草というか、雰囲気というか……。

そうだな……俺の長年の勘を信じて、ちょっと、試してみるのも悪くないか。

「おおぉ～、やっぱりせんぱぁいのお茶の入れ方は綺麗(きれい)ですねぇ～、惚れ惚れ(ほぼ)しますぅ～」

「……ねぇ、コルルシュカちゃん」

「あ、コルルで良いですよぉ～？　てか、せんぱぁい、私がこの屋敷に来てから一週間くらい経つのに、何で未(いま)だにフルネーム呼びなのぉ？　距離感じてコルル、悲しいです～」

「コルルちゃん、貴方(あなた)、もしかして……暗殺者だったりしないよね？」

「暗殺者？　え、何それ、どういうことぉ？」

「…………ロザレナお嬢様が帰ってくる直前にこの屋敷に現れたんだ。どう見ても、てめぇは怪しいんだよ!!　白状しやがれ!!」

壁際にコルルシュカを追い詰め、ドンと、壁に手を突いて逃れられないようにする。

俺が突如暴挙に出たというのに、コルルシュカの表情は動かない。

彼女は眠たそうな半開きの目で、ジッと、静かに俺の顔を見つめていた。

「ほう？　驚いた反応が無いな。やはり、てめぇ、旦那様かお嬢様を狙った暗殺者だったわけ――」

「めっちゃ、かっこいいっすぅ～～」

「は？」

「いや、私、壁ドンとかされるの夢だったっていうかぁ。てか、乱暴な口調のせんぱぁいも素敵っすねぇ。もしかしてそっちが素なんですかぁ～～？」

「いや、あの、コルルシュカさん？」

「はい？」

「貴方、本当に暗殺者とかじゃないの？」

「だから、暗殺者って何スかぁ～？　私、レティキュラータス領の南西部にある農村出身の、ただの村娘っすよ～？」

…………。

…………。

……………………い、いや、俺は絶対に警戒を緩めないぞ！　四六時中見張ってやる！

明日帰ってくるロザレナお嬢様に危害を加えないように、
お前の尻尾は絶対にこの俺が摑んでやるからな!!

「はふぅ、眠すぎぃ～。あの、お茶の入れ方、続きを教えて貰っても良いですかぁ？　壁ドン、飽きたんで」

「は、はい。それじゃあ、続きの講座を再開しますね」

◇　◇　◇　◇

《ロザレナ視点》

――ついに、ついにこの日がやってきた。

約束の五年の月日が経ち、ついにあたしは、アネットと再会する日を迎えた。

あたしは、今までお世話になった修道院を出る。

ここに来た時と同じようにパンパンに荷物が詰まった旅行鞄の肩紐をギュッと握ると、修道院の前で見送りに来てくれたシスターたちに対して、あたしは深く頭を下げた。

「今まで、お世話になりました」

するとその中の一人――あたしに熱心に信仰系魔法を教えてくれていた、二十代後半くらいの修道女が、感極まったように瞳を潤ませる。

「ぐすっ、ロザレナちゃん、本当に行ってしまうのですかぁ？　もう一年くらい修道院でお勉強しても良いじゃないですかぁ」

「シスター・ノルン。申し訳ありません。あたしは、大事な人を待たせているんです」

「大事な人？　そ、そそそそ、それって、も、もももももしかして……こ、恋人？」

「こ、恋人ではありません!!　で、でも、そ、そうですね。い、いずれ、そういう関係になれたら嬉しいなぁ……って、考えている人ではあります。はい……」

そう発言すると、ノルンは顔をくしゃくしゃにして、号泣し始めてしまう。

「う、うわぁぁぁぁぁぁぁぁん!!　ここから出ていく子はみんなそうっ!!　故郷に恋人を残してるだとか、結婚するから修道女を引退するとか……みーんな、友情よりも愛情を取るのよぉぉぉぉ!!　ねぇ、何でぇぇぇ!!　どうしてみんな私を置いて行っちゃうのぉぉぉぉ!!　私も結婚したいぃぃぃぃぃ!!」

両手で目を隠し、わんわんと子供のように泣く、アラサーのシスター。

そんな彼女の様子に、隣に立っていた緑髪の修道女は眉間を押さえながら、大きくため息を吐いた。

「あーもう、こうなると手が付けられなくなるんだから!!　ロザレナ、もう行っちゃって!!」

「だ、だけど、シスター・ノルンをこんな状態のままにして良いの？」

「いいのよ。だって、このままここにいたら貴方……確実にノルンの酒の席に付き合わされることになるわよ？」

「そうよぉ!! 飲んでやらなきゃ気が済まないわ!! 誰か!! お酒持ってきなさいお酒ー!! 戒律なんて知ったことですかぁぁぁぁっ!!」

「ほら、ね？」

「ははは……」

他の修道女に両腕を押さえられながら、修道院の中へと連行されていく自身の師の姿に、あたしは思わず引き攣った笑い声を溢してしまう。

そんなあたしを静かに見つめていた目の前の緑髪の少女——この修道院で最初に友人となった同年代の少女、ジナは、穏やかな表情を浮かべ、口角を吊り上げた。

「聖騎士養成学校に行くんだっけ？ 頑張んなよ、ロザレナ」

「うん。ジナこそ、大司教目指して勉強頑張って」

「当たり前。まっ、たまには息抜きに修道院に遊びに来なよ。ノルンも寂しがると思うからさ」

「分かった。元気でねっ!!」

そう言って手を振って、ジナと別れ、修道院を後にする。

この五年間……この日を、あたしはどんなに待ち望んだことか。

ついに、ついにあたしは、アネットにまた逢(あ)うことができるんだ。

毎晩、修道院のベッドの上で夢見るのは、彼女の姿だった。

天使のように無邪気な微笑(ほほえ)みをあたしに向けてくれる、可愛(かわい)いアネット。

あたしのことを想(おも)って厳しく叱ってくれる、お姉ちゃんのようなアネット。

キスした時、顔を真っ赤にさせて、眼(め)をグルグルと回していた、初心(うぶ)なアネット。

そして……奴隷商団からあたしを救ってくれた、あの、気高く、美しかったアネット。

この五年間、夢の中で過去の情景を思い出すことで、あたしはアネットのいない寂しい毎日を何とか乗り越えることができていた。

だから……だから、やっと本物のアネットに逢える喜びに、あたしの胸ははち切れんばかりにドクンドクンと高鳴ってしまっていた。

「フフッ、アネットはこの五年間、どうしていたのかしらね」

ちゃんと、あたしが言った通りに信仰系魔法を習得できているのだろうか。

あたしみたいに、身長がうんと伸びているのだろうか。

十五歳の成人を迎えて、綺麗に……なったのだろうか。

早く会ってあの子の成長具合を確認したい。この五年間のことを、色々とお話ししたい。

そう思うと、あたしの歩みはどんどんと早くなっていき、力強いものへと変化していった。

「キャッ!?」

「あっ！」

多分、頭の中がアネットのことでいっぱいになっていたからだろう。注意力散漫になっていたせいで、路地から飛び出してきた同い年位の小柄な少女にあたしはぶつかり、突き飛ばしてしまっていた。

「ご、ごめんなさい！　大丈夫!?」

尻もちをついた水色の髪の少女に即座に手を伸ばし、引き起こす。

すると彼女はまっすぐに切りそろえられた前髪の奥から、おどおどとした様子でこちらに視線を向けてきた。

「あ、ありがとうございます。す、すいません……ぶつかってしまって」

「ううん。あたしがちゃんと前を見ていなかったのが悪いのよ。貴方が謝る必要はないわ。……あれ？」

「ひぅっ!?　ど、どどど、どうかしましたか？」

「貴方……何処かで会ったことがあるかしら？　何だか、見たことある顔立ちのような気がするのだけれど」

「ミレーナ！　何しているの！　置いて行っちゃうよーっ！」

「ご、ごめん、アンナちゃん！　今行くね！　あ、あの、では、これで……」

「あぁ、うん……」

遠くから呼ばれたその声の元へ、長い髪を揺らしながら去って行く、姫カットの少女。

結局、何処の誰かは分からなかったけれど、何か……ずっと昔に会ったような気がするのよね、あの子。

これからあたしも聖騎士養成学校の寮暮らしになるだろうし、王都に住んでいるのだったら、また何処かで会うこともあるのかしら？

「それにしても……ミレーナ、アンナ、ねぇ」

何処かで聞いたことのあるその名前に、あたしは思わず小首を傾げてしまった。

「まぁ、今はどうでも良いことね」

そんなことよりも、今は早く屋敷に帰って、アネットと再会しなければならないわ。

あたしは思考を切り替え、石畳の上を軽くスキップしながら、雑踏の中を軽快に進んで行った。

◇　◇　◇　◇　◇

事前にお父様に手配して貰っていた馬車に乗り、ゴトゴトと身体を揺らすこと数時間。

御者から到着の報せを受けたあたしは、深呼吸をひとつして、馬車を降りた。

「な、何だか、懐かしく感じてしまうわね……」

レティキュラータス家の門前に立ち、御屋敷を見つめる。

五年ぶりに見た屋敷の姿は、以前に見た時と比べ、随分と小さくなってしまったように感じられた。

まぁ、でも、それも無理からぬことかもしれない。

何故なら五年前のあたしと今のあたしは、決定的に身長が違っているからだ。

百四十センチ台だった当時のあたしが見る景色と、今の百六十センチ台のあたしが見る景色は、間違いなく異なっていることだろう。

だから、この屋敷が以前と比べて小さく見えてしまうのも、仕方がないことなのだ。

「おかえりなさいませ、ロザレナお嬢様」

突如飛んできたその声に、図らずも肩をビクリと震わせてしまう。

アネットが目の前にいたらどうしようかと、身だしなみを整えながら慌てて前方へと視線を向けるが——そこにいたのは、マグレットさんだけだった。

思わずがっかりとした表情を浮かべそうになってしまうが、それはマグレットさんに失礼なので、何とか押しとどめる。

「マグレットさん、お久しぶりです」

そう挨拶をすると、何故かマグレットさんは目をまん丸にして、驚いた顔を見せてきた。

あたしはそんな彼女の様子に首を傾げながらも、マグレットさんが開けてくれた門を通り、屋敷の庭の中へと入って行く。

「あ、あの、どうしたんですか？　そんなに驚いた顔をして？」

「あ、いえ、その……」

「もしかして、あたしの成長具合に驚いた、とかですか？」

「い、いえ。勿論（もちろん）、お綺麗（きれい）になったお嬢様の姿にも驚いたのですが……」

「？　それ以外に何か気になるところでも？」

「は、はい。その、お嬢様が敬語を使ってらっしゃることに……少しばかり、驚いてしまって……」

あ、あぁ～、なるほど。

確かに昔のあたしってば、目上の人だろうが何だろうがお構いなしに素のぶっきらぼうな口調で話してしまっていたからね。

修道院では年上の人には必ず敬語で話すように義務付けられていたから、自然にマグレットさんに対して敬語が出てしまっていたけれど……うーん、あたしらしくなかったかな？

「……変、ですか？」

「いえ。ご成長された御姿（おすがた）と、その綺麗な言葉遣いも相まって、とても美しくなられたと思います。今のお嬢様は、レティキュラータス家のご令嬢として、相応しい振る舞いをなさっていらっしゃるかと」

「なら、良かったです。……あ、そ、そうだっ！　あのっ！　アネットは今何処にいるんですかっ!?　あ、あたし、早く彼女に会いたくてっ!!」

うずうずとした様子でそう言うと、マグレットさんはクスリと、穏やかな笑みを浮かべる。

「アネットなら厨房で、お嬢様の歓迎会用の料理を作っていますよ」

「そうなん……って、えぇぇ!?　料理!?　マグレットさんがここにいるのに、アネットは一人で料理を作っているんですかっ!?」

「はい。今では、私よりもあの子の方が料理の腕が良いんですよ。すっかり、レティキュラータス家の料理長の座を奪われてしまいました」

「へ、へぇ〜」

アネットの奴、剣の腕だけじゃなく、料理の腕も凄くなってるとか、ちょっと完璧人間すぎるんじゃないかしら。

それに、昔から掃除洗濯も上手かったし……完全に女子力という点においては完敗してるわね、あたし……。

「やばい。今のあたし、全くあの子に勝てる部分が無さそうだわ。どれだけ凄いのよ、アネットは」

改めてアネットの凄さに狼狽えていると、突如、あたしを呼ぶ声が耳に入ってきた。

「そこにいるのは、もしかして……ロザレナなの⁉」

「え？」

何事かと声が聴こえた方向に視線を向けると、玄関口に、懐かしい二つの顔を見つける。

「お父様っ‼　お母様っ‼」

庭を通り抜けて、玄関口まで一気に走り抜ける。

そして、二人の前に立つと、あたしは思わず満面の笑みを浮かべてしまった。

「お久しぶりです！　ロザレナ・ウェス・レティキュラータス、ただいま帰って参りました！」

「ほ、本当にロザレナなのかい⁉　み、見違えたなぁ。五年でこんなにも身長が伸びるとは思わなかったよ」

「本当、凄い綺麗な女の子になっちゃって……お母さん、びっくりだわ」

「そうだね。王国の至宝と呼ばれる第三王女殿下『白銀の乙女』様にも負けないくらいの、凄い美人さんになったもんだよ」

「えへへ……お二人にそう言って貰えるのは、とても、嬉しいです」

そう口にすると、お母様とお父様は瞳を潤ませ、嬉しそうに笑みを浮かべてくれた。

あたしも、そんな二人を見ていたら、何だかじんわりと涙が溢れ出てきそうになってしまっていた。

「フフフ、お互い、積もる話はいっぱいあるでしょうけれど……。とりあえず、中に入りましょう。ロザレナのために、アネットちゃんが腕によりをかけてご飯を作ってくれているわよ？」

「はい！　アネットのご飯、凄く楽しみですっ！」

両親と共に、屋敷の中へと入る。

てっきり、そのまま一緒に食堂へと行くのだと思ったのだが、どうやら二人は二階へと向かう様子だった。

「あの……？　お父様とお母様は、どちらへ？」

「ロザレナに、ちょっと、紹介したい人がいるから。その人を連れに、ね」

「紹介したい、人……？」

あたしがそうお父様に疑問の声を溢すと、お母様がわざとらしく咳払いをする。

「何でもないわ。ちょっと、お爺様とお婆様を呼びに行ってくるのよ。だから、ロザレナは先に食堂に行っていて頂戴。良いわね？」

「は、はぁ……。分かりました……」

何処か挙動不審な様子の両親に思わず首を傾げつつも、あたしは上階への階段を登っていく二人を見送り、そのまま一階にある食堂へと向かうことにした。

「良い香り」

食堂の前へ辿り着くと、食欲をそそる香ばしい匂いが漂ってきた。

その匂いを嗅いだ瞬間、アネットにもうすぐ会えるのだと思い、ドキドキと、痛いくらいに心臓が高鳴ってくる。

最初に会ったら、な、何て言おうかしら。

あ、あたしが居ない間、ちゃんと浮気してなかったでしょうね？　な、なんて、聞いてみようかしら？

そ、それとも、さ、再会の、キ、キ、キス、でも、いきなりかましてやろうかしら？

そ、それは流石に大胆すぎるかしら!?

で、でも、ひ、久々に会うのだから、あ、あたしが主人であることを、威厳を、見せつけなければならないものね。

う、うん。あたしが一回り大人になったことを、初手で知らしめてあげるとするわっ!!

覚悟を決めて両開きドアのノブをふたつ摑み、ガッと、勢いよく扉を開け放つ。

そしてあたしは、食堂の中へと、威風堂々と参上を果たした。

「ア、アネット！　覚悟しなさ——あれ？」

しかし、そこには誰もいなかった。

テーブルには豪勢な料理の乗った皿だけが置かれており、アネットの姿は何処にも見当たらない。

その予期していなかった寂しい光景に、あたしは意気消沈し、落胆のため息を溢してしまう。

「もう、アネットったら、いないじゃない。ここはあたしを出迎えるために扉の前で待機して、感動の再会に熱い抱擁をするところでしょう？　まったく、何をしているのよ、あの子は……」

「――で、なん――カは――」

「――せ――それ――」

「ん？」

突如耳に入ってきた、微かな人の声。

何を言っているのか判別はできないが、誰かと誰かが何か会話をしていることだけは理解ができた。

あたしは声が聴こえる方向を、耳を澄ましながら探し……その謎の声が、厨房から漏れていたことに気が付いた。

「もしかして、あそこにアネットがっ!?」

あたしはスキップをしながら、厨房のドアの前へと向かう。

そして扉の前へ立つと、勢いよくドアを開け放った。

「アネット！　あたし、帰ってきたわ――よ……？」

「だから、てめぇの魂胆は目に見えてんだよ!!　さっさと白状しやがれ!!」

「また、壁ドンですかぁ？　せんぱぁい、そんなにコルルのこと口説き落としたいんですかぁ？」

「んなわけあるか！　俺は、てめぇがこの厨房に現れた理由を聞いてんだよ！　まさか、毒でも忍ばせる気じゃなかったろうなぁ!?　あぁん!?」

「だからぁ、いったい、せんぱぁいはコルルのこと何だと思ってるんですかぁ？　あ、もしかしてこれってぇ、そういうプレイですかぁ？　もうっ、そんな意味不明なツンデレしてないでぇ、私のことが好きなら好きとそう素直に言ってくださ……あっ」

「あって何だよあって!?　宇宙人でもいたか!?　そんな古典的な罠でこの俺の隙を突けるだなんて――」

「いや、あのぉ……あの御方って、もしかして……」

「あぁ!?　あの御方って何言って――って、え？」

「……随分と、その女の子と仲が良さそうね、アネット」

「そ、その声は、も、ももも、もしかして、お、お、お、お嬢様ですかっ!?」

肩越しにこちらに顔を向け、魚のように口をパクパクとさせるアネット。

あたしは、目の前に飛び込んできたその光景に、思わず額に青筋を立ててしまう。

「いったい、これは、どういう状況なのかしらぁ？」

厨房の中、そこに広がっていたのは……アネットが見知らぬ女を壁際に追い詰め、口説いている……浮気現場なのであった。

◇　◇　◇　◇　◇

「お、お嬢様……」

ロザレナは、唖然として固まる俺を無視すると、厨房にあった小さな椅子を引っ張り出す。

そして、その椅子を俺とコルルシュカの前に置き、腕を組んでドカッと座ると、額に青筋を立てながらニコリと微笑んだ。

「で？　いったいこれは、どういう状況なのかしら？」

コルルシュカからパッと離れ、俺はすぐさま直立不動になる。

そしてゴクリと生唾を飲み込んだ後、恐る恐ると彼女へ声を掛けてみた。

「……あの、お嬢様……」

「何かしら？　アネットさん？」

ジロリと横眼で睨まれ、何故かさん付けで名前を呼ばれてしまう俺。

その態度を見るに、明らかに、先程のコルルシュカとのやり取りに不満があったのは間違いなさそうだ。

せっかくこれから『ロザレナ様おかえりなさい会』を開こうと思っていたのに……まさ

か、お祝いする当の本人を怒らせてしまうことになろうとは、な。

どうしたものかと頭を捻らせていると、その後の沈黙した空気に耐え切れなかったのか。ロザレナは唇を尖らせながら、ギロリと、俺の隣に立つコルルシュカへと鋭い視線を向けてきた。

「それで？　その子はいったい何なわけ？」

その言葉と視線に応え、コルルシュカはいつもと変わらない眠たそうな表情をしたまま、スカートの端を摑み、足を曲げ、優雅にお嬢様へ向けてカーテシーの礼を取る。

「お初にお目にかかりますぅ、ロザレナお嬢様。私はつい先週、この御屋敷のメイドになったばかりのぉ、コルルシュカ・ルテナーという者ですぅ。まだまだ若輩の身ですがぁ、誠心誠意ご奉仕させていただきますのでぇ、どうかこれからよろしくお願いしまぁす」

そう言ってお辞儀をし、頭を上げると、ゆるふわカールのツインテールを揺らしながら、コルルシュカは無表情で首を傾げた。

そんな彼女に対してロザレナは勢いよく席を立つと、指を突きつけ、大きな声で叫び始める。

「貴方がうちの新しいメイドだってことは、その給仕服を見れば誰だって分かるわよっ!!あたしが聞いているのは、そんなことじゃないのっ!!」

「え、えっとぉ、じゃあお嬢様はぁ、コルルに何を聞きたいのですかぁ？」

「それは……その……な、何で貴方がアネットとあんなに距離が近かったのか……そういうことを聞きたかったのよっ!!」

「距離？　あぁ、もしかしてぇ、壁ドンのことですかぁ？」

「壁、ドン……？」

「手をこう、ぐっと壁に突いて、逃げられないようにしてぇ……腕で覆うようにして顔を接近させるんですよぉ。主に攻めが受けにする行為ですぅ」

「そ、そう、それよ!!　あ、あたしだってアネットにあんなことをされたことがないって言うのに……何でポッと出の貴方があんな羨ましいこと……じゃなかった、何で貴方はあんなにアネットに距離を詰められていたというのよ!?　理由を説明しなさい!!」

「それはですねぇ、もう、聞いてくださいよぉう、お嬢様ぁ～。アネットせんぱぁいったらぁ、私のこと、暗殺者じゃないかと疑っているんですよぉ～。酷(ひど)くないですかぁ～？」

「えっ、暗殺者？　それはいったいどういうことなの？」

首を傾げながら、俺へと視線を向けてくるロザレナ。

俺はそんな彼女にコクリと頷(うなず)くと、何があったかを伝えるべく、口を開いた。

「コルルシュカちゃんには申し訳ないことなのですが……。私は、彼女を心から信用することができていないのですよ。昔からよく、貴族の家には敵方の家の者が使用人に扮(ふん)した間者(かんじゃ)を忍ばせるといった話を聞いたことがあります。ですから、丁度お嬢様が帰る時期を見計らったかのように現れたコルルシュカちゃんを、どうしても警戒せずにはいられなかったのです」

「だからさっき、アネットは彼女を壁際に追い詰めていたの？」

「はい……。厨房(ちゅうぼう)は私の管轄でしたからね。ですから、急に調理中に現れた彼女に対して、少々、過剰な反応を取ってしまったかもしれません。料理に毒でも混ぜられたら、それこそ一巻の終わりですから」

「せんぱぁい、だから私、そんなことしませんってぇ。厨房に来たのはぁ、せんぱぁいの料理の技術を直(じか)に見て盗みたかったからでぇ、他意は無かったんですよぉう」

「……ごめんね、コルルシュカちゃん。もう少し時間を掛ければ、きっと私の中の疑念も払拭されると思うから」

「むむぅ。何にもしてないのに勝手に疑われるのは癪(しゃく)だけどぉ……。でもまぁ、いっかぁ。私ぃ、どちらかと言うとMなんでぇ、せんぱぁいに壁ドンされるのもやぶさかじゃないっていうかぁ。むしろ、結構乱暴な言葉で詰められるの、好きっていうかぁ」

　そう口にすると、両手で頬を押さえながら恍惚(こうこつ)とした表情を見せて、何故かクネクネとし始めるコルルシュカ。

　そんな彼女に、俺とロザレナは同時に引き攣(つ)った笑みを浮かべてしまう。

「な、何か、変わったメイドね、この子」

「そ、そうですね。私も、まだ彼女の性格を掴み切れてはいないのですが……想像したよりも、不思議な子なのかもしれません、コルルシュカちゃんは」

　そう呆(あき)れたように呟(つぶや)くと、お嬢様は俺の隣に立ち、視線を向けてきた。

その何処か熱のこもった視線に、俺は思わず首を傾げてしまう。

「どうかしましたか？　お嬢様？」

「その、あの……。アネット、この五年でとっても綺麗になったわね。何というか、女性らしくなったというか……」

「あ、あははは……そ、そうですかね……」

その言葉は、正直、心から喜ぶことはできないな……。

普通、綺麗になった、女らしくなったと言われたら、俺と同じ年代の少女は喜ぶべきところなのだろうが、元オッサンとしては非常にキツイところだ。

生前の俺は、あの筋肉髭ダルマだっただけに、可愛いなんて言われただけで怖気が立ってしまう。

「わ、私なんかよりも、お嬢様の方がお綺麗になられていますよ！　スラッと背が高く伸びて、ウェーブがかった青紫の長い髪は相変わらずツヤがあって美しくて……。それに、昔は愛らしかったお顔が、いつの間にかキリッとしたお顔立ちになられていて、とても素敵です。フフッ、その修道服も本当によく似合っておいでですよ？」

「この服、身体全体に布がぴったりくっ付いて動き辛いのよ。早く他の服に着替えたいわ」

そう口にすると、ロザレナはいたずらっぽい笑みを浮かべ、自身の身長と俺の身長を手を使って交互に計り始めた。

「昔はアネットの方が、少しだけ背が大きかったけれど……今はもう、あたしの方が全然大きいわね！」

「フフッ、そうですね。こうして並ぶと、一目瞭然ですね。顔を上げて見上げなければ、お嬢様のお顔を拝見できなくなってしまいました」

「ふふん！　完璧超人のアネットにも、勝てる部分がひとつくらいあって安心したわ！……って、あ、れ？」

　ふいに、ロザレナの視線が俺の胸部へと注がれる。

　その顔は、さっきまでの自信に満ちた様子とは変わり、何故か驚愕と絶望の色に染まっていた。

「あの、お嬢様……？」

「……ね、ねぇ、アネット。貴方、そ、その胸の大きさは……いったいどういう訳？」

「え!?　む、胸ですかっ!?　いや、あの、その、自分でもよく分からないうちに無駄に大きくなってしまったというか……何と言って良いのか、その……」

「あ、あたしとは、ぜ、全然、大きさが違うじゃない!!　あたしの胸が丘だとしたら、貴方のそれはもう山よ……同じ歳なのに何なのよ、この格差はぁっ……!!」

　そう言って自身の小ぶりな胸と俺の胸へ交互に視線を向け、呆けたように口を開けるロザレナ。

　俺はそんな彼女に何て言ったら良いのか分からず、困惑しながらも、何とか話題転換を

試みることにした。

「お、お嬢様、食堂に行きましょう！　もうすぐお父様とお母様が戻られる頃合いですから、早めに待機しておきましょう！　ね！」

「胸が……おっきい胸が……山……アネット山……」

「お、お父様とお母様が、お嬢様に会わせたがっている方がいるのですよっ！　で、ですから、胸のことは一旦お忘れになってくださいっ……！」

その言葉にロザレナは俯(うつむ)いていた顔を上げ、ハッとした表情を浮かべる。

「そうだわ。さっき、お父様もあたしに紹介したい人がいるとか何とか言っていたの。その口ぶりからして、アネットも知っているのよね？　それって、いったい誰のことなの？」

「それは……それが誰なのかは、ご自分の目で確認された方がよろしいですよ、お嬢様」

そう口にして俺がフフッと笑うと、ロザレナは唇をへの字にさせて、首を傾げたのだった。

◇　◇　◇　◇　◇

「ほら、ルイくん、ロザレナお姉ちゃんにご挨拶なさい」

「……へ？」

食堂に入ってきた、エルジオ伯爵とナレッサ夫人。

そんな夫妻の間に立つ小さなその影に、ロザレナは目を見開き、呆然と立ち尽くしていた。

俺は戸惑う彼女の肩を叩き、耳元に優しく声を掛ける。

「あの御方はルイス・ゼス・レティキュラータス様です。四年前にお産まれになった、お嬢様の弟君ですよ」

「お、弟……？　あ、あたしの……？」

ロザレナは恐る恐るといった様子で、その小さな子供に近付いていく。

その様子に少年……ルイスはというと、ロザレナと同じアーモンド型の猫のような瞳で、近付いて来る姉の姿をただ静かに無表情で見つめていた。

「な、何で、弟が産まれたって……何で教えてくれなかったの!?　お父様、お母様!!」

「フフ、何でって、弟が産まれたなんてこと聞いたら、貴方、修道院からすぐに帰ってきちゃうでしょ？」

「そ、それは……」

「ごめんね、ロザレナ。僕たちは君の信仰系魔法習得の邪魔をしたくはなかったんだ。だから、手紙にもこのことは書かずに黙っていた。今まで秘密にしていたこと……許してくれるかな？」

「お父様、お母様……」

ロザレナは両親へと視線を向け、ぽかんとしたまま曖昧に頷く。

そして再び少年へと顔を向けると、彼女は弟の頭を撫でようと、震える腕を伸ばした。

だが――。

「あっ！」

頭に手が触れる寸前、ルイス少年はロザレナの手をするりと避けると、そのまま俺の元へと走ってきてしまった。

そうして彼は俺の足に身を隠すようにして摑まると、猫のように背中を丸め、ロザレナに対して警戒の唸り声を上げ始める。

その光景に、丁度その時食堂にやってきたギュスターヴ老が、可笑しそうに笑い声を上げた。

「ハッハハッ、まるで五年前のワシだのう。今のルイスはあの時、ワシから逃げたロザレナちゃんのようだな」

「お爺様⁉」

そんな彼の言葉に、遅れてやってきたメアリー夫人も口元に手を当ててフフッと小さく笑い声を溢す。

「似た者姉弟という奴ですね。どっちも人見知りで、どっちもアネットちゃんが大好きなところが、本当にそっくり」

「お婆様も!!って、……え？　この子、アネットには懐いているの？」

ロザレナの疑問の声に、ナレッサ夫人は微笑みを浮かべながらうんうんと頷いた。

「そうよ～？　この子ったら、アネットちゃんを将来お嫁さんにするって言って聞かないんだから。おませさんなのよ？　笑っちゃうでしょ？」

「は？……はぁっ!?」

「ははは、そうだなぁ。父親としても、しっかり者のアネットくんがもしルイスの奥さんになってくれるのなら、大賛成ではあるかな」

「はぁぁぁぁぁぁぁぁぁぁぁぁぁぁぁぁぁぁぁぁっっっっ!?!?」

大きな叫び声を上げた後、ロザレナは俺の背後に隠れるルイスへと、子供に向けるものとは思えない鋭い怒りの目を向ける。

だが、その視線に負けじと、ルイスもロザレナへと懸命に鋭い目を向けた。

二人の間に、バチバチといった電撃が幻視できるような……剣呑な空気が辺りに立ち込める。

そんな殺伐とした雰囲気の中、メアリー夫人は頰に手を当てると、にこりと微笑みを浮かべた。

「あらあら、お互いに予期してなかったライバルの登場、といったところかしらね？」

その台詞に、俺はもう何と答えて良いか分からず……ロザレナとルイスの姉弟に挟まれながら、ただただ顔を引き攣らせることしかできなかった。

午後七時半。

夕食という名の歓迎会は和やかに終わりを告げ、俺は現在、後片付けに奔走していた。

談笑に華を咲かせているレティキュラータス家の面々を横目に、空になったお皿を、音を立てずに静かに重ねていく。

するとそんな俺に対して、向かいの席に座っていたロザレナが声を掛けてきた。

「アネット、本当に料理が上手くなったのね。今日の夕食、とっても美味しかったわ」

「ありがとうございます。お嬢様」

「何だか貴方を見ていると、女子としての敗北感が凄いわね……。あたし、不器用すぎて料理どころか、家事すらまともにできないもの」

そう言って小さくため息を吐いた後。ロザレナは何処か落ち着かない様子を見せると、再度、口を開く。

「あ、あのね、アネット。この後って、まだ、仕事はあるのかしら？」

「いえ、今日のお仕事はこれで一旦終わりですが……」

「そ、そう。それならさ、後片付けが終わってからで良いから、あ、あたしとちょっと、二人きりでお話を――」

「アネットちゃん、ちょっと良いかしら？」

ロザレナが何か言いかけたその時、ナレッサ夫人が眠そうに目を擦るルイスを連れて、俺の元へとやってきた。

俺はそんな二人の姿を確認した後、彼女が何を言いたいのかを理解して、コクリと頷きを返した。

「ルイス様のお風呂の件でしょうか？　奥様」

「そうなのよ～。いつもごめんね、アネットちゃん。この子ったら、アネットちゃんとしかお風呂に入りたがらなくて～」

「別に構いませんよ。私はもう、ルイス様のお風呂係みたいなものですからね」

「本当？　助かるわ～！　あっ、そのお皿は私が代わりに厨房に持って行くから、気にしないで、もう行っちゃって！」

ナレッサ夫人は俺が持っていたお皿を奪うと、ウィンクをして、そのまま厨房へと去っていってしまった。

俺は去り行く彼女に頭を下げ、そのまま、隣に立つルイスの手を握る。

「では、行きましょうか、ルイス様」

「うん！」

そうして、ルイスと共に食堂を出ようとした――その時だった。

バンと机を大きく叩く音と共に、ロザレナの動揺した声が耳へと入ってきた。

「ちょ、ちょっと待ちなさい!!　お風呂係……って、何？　い、いったいどういうことなのっ!?」

困惑した様子で疑問の声を溢すロザレナに対して、彼女の隣に座っていたメアリー夫人が、ワインを片手に笑顔で返答する。

「アネットちゃんには、いつもルイスをお風呂に入れて貰っているのよ～。だから、彼女はお風呂係、ってことよ。ウフフフ」

「……え？　は？　う、嘘、でしょ？　こいつ、アネットに身体洗って貰っているの……？　それも、いつ、も……？」

ポカンと呆けたように口を開け、呆然とした様子を見せるロザレナ。

その姿に「これは面倒なことになりそうだ」と察知した俺は、彼女の横を素通りし、ルイスを連れてそのまま食堂の外へと出る。

廊下に出て、大浴場に向かってまっすぐと歩いて行くと……突如、背後から何者かが駆けてくる音が聞こえてきた。

「ちょ、ちょっと待ちなさい!!　あ、あたしも!!　あたしも一緒にお風呂に入るわ!!」

「はい……？」

振り返ると、そこに居たのは、ゼェゼェと息を吐くお嬢様の姿だった。

一頻り息を吐き出し、呼吸を落ち着かせると、ロザレナは顔を上げる。

そして腕を組み、仁王立ちをして、大きく声を張り上げた。

「アネット。貴方の主人はルイスではなく、このあたしのはずでしょう？　だったら、あたしの身体を洗う義務があるんじゃないのかしら？」

「……え？　えぇぇぇぇぇぇぇーっ!?　い、いや、ちょ、ま、待ってください、お嬢様!!　それは流石に問題のある行為かと思いますっ!!」

「？　問題って何よ？」

「いや、あの、それは……その」

今のロザレナは、もうれっきとした大人の女性だ。

そんな、嫁入り前の彼女の裸を、こんな中身オッサンの似非メイド女が見て許されるわけがない。

漢として、元剣聖として、そんな不埒な真似は絶対に許してはいけない。

俺は何としてでも断るべく、少し語気を強めに、拒絶の言葉を口にする。

「申し訳ございませんが、お嬢様。それだけは断固として拒否させていただきます」

「え？　な、何で……？」

「諸事情ゆえ、詳しくはお話しできません。ですが……これは、お嬢様のためを思ってのことでもあります。ですから、どうか、この件に関しましてはご理解の程を」

そう言って深く頭を下げると、ロザレナは悲しげな声色を放ってきた。

「……あたし、アネットに何か嫌われるようなこと、しちゃったかな」

「え？」

顔を上げると、そこには目の端に涙を浮かべたロザレナの姿が。

珍しく弱気な態度を見せる彼女の姿に、俺は思わず動揺してしまう。

「お、お嬢、様……？」

「アネットが、あたしではなく、ルイスを主人として認めたのなら……あたしには何も言う権利はないわ。でも……でも、お風呂くらいは、ぐすっ、一緒に、入って欲しかったかな……」

「お、お嬢様!?」

「だって、あたし、久しぶりにアネットに会って、いっぱい……いっぱい、お話ししたいことがあったのよ？　そ、それなのに……それなのに、う、うぇぇぇぇぇぇぇんっ」

「な、泣かないでくださいっ!!　わ、分かりました!!　一緒にお風呂に入りましょう、お嬢様!!　ですから、そんなに悲しむ必要は——」

「本当？　やったぁ！　嬉しいわ！」

「……はい？」

「それじゃあ、さっそく行きましょう！　あっ、替えの服を部屋に取りに行くから、先に行っていて頂戴！　また後で！」

「……お嬢様、謀りましたね!!」

「フフッ、いったい何のことかしらね～」

軽やかなステップを見せて、ロザレナは俺の横を通り過ぎ、まっすぐと廊下の奥へと進んで行く。

まったく、嘘泣きをして俺を騙しやがるとは……とんだ悪女に育ったものだな。

……しかし、さて、これはどうしたものか。非常に困った事態になってしまったぞ。

お嬢様の裸を見ずに、何とかルイスの身体を洗って、風呂から即座に上がりたいところだが……ロザレナの奴、自分の身体も洗えとか何とかさっき言っていたよな……？

クソッ、どうすりゃ良いんだっ!!　ジェネディクト戦の時以来の、絶体絶命の窮地なんじゃねぇのか、こいつは!?

逃げ出すか？　いや、それは、お嬢様のご機嫌を損ねる事態に繋がってしまうだろう。

俺自身の問題で、五年ぶりに御屋敷に帰って来たロザレナの気分を害したくはない。

ど、どうしたら……うぅ、どうしたら良いんだっ……!!

「アネット、どうしたの？　大丈夫？」

しゃがみ込み、頭を抱えて悩んでいると、ルイスが不安そうな様子でそう声を掛けてきた。

俺は顔を上げ、彼の頭を撫でながら、優しく微笑みを浮かべる。

「何でもございません。さぁ、お風呂に行きましょうか、ルイス様」

「うんっ！」

ルイスの手を引き、大浴場へ向けて歩みを再開させる。

こうなったら、もう、なるようになれ……だな。

俺は大きくため息を吐きながら、長い廊下をまっすぐと、静かに歩いて行った。

◇　◇　◇　◇　◇

メイド服を脱ぎ、後ろ手にブラのホックを外し、慣れた手つきでパンツも脱ぐ。

そして、髪を結んでいたヘアゴムを取り、脱いだ衣服をぽいぽいとカゴの中へと放り入れた。

「……」

ふいに、脱衣所にある大きな鏡が目に入る。

そこに映るのは――素っ裸の少女の姿だった。

栗毛色(くりげ)の長い髪の毛が腰まで伸び、小柄な体格ながらも出るところは出て、引っ込むところは引っ込んだ、成熟した大人の体つきをしたロリ巨乳の少女。

生前の女に免疫の無かった俺ならば、この姿を目にした途端に鼻血を噴き出して卒倒し

てしまっているのだろうが……今の俺はこの身体が『自分の身体』であることをちゃんと認識している。

だから、自分の姿に情欲が湧くなんてことは当然無く。

成長するに従ってどんどん大きくなっていく胸を、ただただ邪魔くさいなと思うくらいにしか、感想が出なくなっていた。

「……ったく。中身は男だってのに、何で俺は女に転生しちまったんだか。本当に意味が分からねぇ状況だぜ……」

「じーっ……」

「？　ルイス様？　どうかなさいましたか？　私の身体をじっと見つめられて？」

「ッ!!　な、何でもないよっ!!」

服を脱ぎ終えたルイスはぷいっと顔を横に向かせると、耳を真っ赤にさせていた。

俺はそんな彼の様子にクスリと笑みを溢し、そのままルイスの手を握る。

「さぁ、行きましょう、ルイス様。ロザレナ様が来られる前に、さっさと体を洗っちゃいま――」

「来たわよ!!　アネット!!」

「うわぁっ!?」

「うわぁって何よ、うわぁって!!　人を化け物みたいに――って、ちょっと!?」

脱衣所に現れたロザレナから逃げるようにして、俺はルイスを連れ、大浴場へと駆けて行った。

そんな俺の様子に、後方から怒鳴り声が飛んでくる。

「何で逃げるのよっ!! あたしにもアネットの裸を見せなさいよっ!! おっぱい見せなさいよっ!!」

……お嬢様、それは男性の反応です。あと、セクハラです。

これから服を脱ぐロゼレナの姿を見ないためにも、俺は大浴場のドアをピシャリと閉じる。

そして、大きくため息を吐くと、そのままルイスを連れて洗い場へと足を運んで行った。

◇　◇　◇　◇　◇

バスチェアに腰かけ、膝の上にルイスを座らせる。

そして、ワシャワシャとシャンプーの泡を立てて、俺はルイスの髪の毛に指を通していった。

するとルイスはこちらを振り返り、気持ちよさそうに目を細め、笑みを見せてくる。

「痒いところはございませんか？ ルイス様」

「大丈夫だよ！　アネット！」

「そうですか？　それなら良かったです」

「えへへ。やっぱり僕、アネットが大好きだよ！」

「ありがとうございます。私も、ルイス様が大好きですよ」

「本当!?　じゃ、じゃあ、大きくなったら、僕と結婚してくれるっ!?」

「フフッ。ルイス様はレティキュラータス家の跡取り息子なのですから、私よりも相応しい女性をお探しになられた方がよろしいですよ？」

「僕はアネットが良いんだ！　他の女の子なんかどうでもいいよ！」

そう言って唇を尖らせると、不機嫌そうに顔をぷいっと前へと向けるルイス。

その横顔は幼少期のロザレナに似ていて、本当に可愛らしいものだ。

人見知りな性格と言い、その外見と言い、彼は本当にお嬢様によく似ていらっしゃる。

将来はきっと、ロザレナのように目鼻立ちが整った、眉目秀麗な若者へと成長することだろう。

「……ブクブクブクブク……」

そんな、彼の姉であるロザレナ本人はというと……。

後方にある浴槽へと入り——湯船に顔半分を沈めながら、俺たちの様子をジッと鋭い目で見つめているのであった。

……まったく。身体も洗わずに真っ先にお風呂に飛び込むだなんて、お嬢様の蓮っ葉なところは昔と全然変わらないみたいだな。

美しい女性へと変貌しても、どうやら男勝りな部分は昔の彼女と変わっていないようだ。

「……フフッ。まぁ、そこがお嬢様の愛らしいところでもあるのですけれどね」

「……むーっ」

肩越しにちらりとロザレナの様子を窺っていると、ルイスが不機嫌そうな顔でこちらを見上げていることに、俺は気が付く。

俺はそんな彼の様子を不思議に思い、首を傾げながら声を掛けてみた。

「ルイス様？　どうかなさいましたか？」

「……アネットは、お姉ちゃんのことが好きなの？」

「え？」

「だって、アネット、さっきからずっとお姉ちゃんのことばっかりを気にしているんだもん。お姉ちゃんがお風呂に入って来た時なんて、顔を真っ赤にさせていたくらいだし」

「い、いえ、それは、その、何と言いますか……前世での性別が要因と言いますか……」

「……お姉ちゃんには、絶対にアネットは渡さないよ。アネットは僕のものなんだからっ！」

ルイス少年がそう大きく声を放った、次の瞬間。

彼は、俺の胸に顔を埋めると、両手を使ってもみもみと、胸を揉んできたのだった。

「んっ、ちょっ、ル、ルイス様!?」

こちらの戸惑いの声を無視し、ルイスは俺の胸を堪能しながら――そのままロザレナの方へと視線を向け、ニヤリと挑発的な笑みを浮かべた。

そんなルイスの様子に、ロザレナは湯船からザバンと勢いよく立ち上がると、鬼のような形相を浮かべ、こちらへと詰め寄ってくる。

「あ、あんたぁ!!　何やってんのよぉぉぉ!!　あたしのアネットの、む、胸を揉むだなんてぇーッッッ!!　ルイスッ!!　絶対に許さないんだからッ!!　ここであんたの息の根を止めてやるわッ!!」

その鬼気迫る彼女の様子に、ルイスはビクリと肩を震わせると、俺の膝から飛び降りる。

そしてその後、大浴場の中央で、ロザレナとルイスはぐるぐると追いかけっこをし始めたのであった。

「待ちなさい!!　あんたにはここで一度、どちらがアネットの主人なのかを知らしめてやる必要があるわ!!」

「うわぁぁぁぁぁぁぁ!!　鬼(オーガ)だ!!　鬼姉(オーガ)だ!!」

「誰がオーガよ!!　ブチ殺すわよ!!」

「……あの、大浴場では走らないでください……お嬢様、お坊ちゃま……」

そんな俺の注意など、二人の耳に届くことはなく。

俺は、目の前で繰り広げられる姉弟喧嘩(きょうだいげんか)を、苦笑しながら見つめることしかできなかった。

◇　◇　◇　◇　◇

「さぁ!!　今度はあたしの身体を洗う番よ、アネット!!……って、何で目を背けているのよ？　それじゃあ、ちゃんと洗えないじゃない」

「……その、本当に、私はお嬢様のお身体を洗わないといけないのでしょうか？」

「当たり前よ。ルイスの身体を洗ったのだから、当然、あたしの身体も洗うのは自然な流れでしょ？　何たってあたしは貴方(あなた)の主人なのだからねっ！　ふふんっ！」

「……アネットはお姉ちゃんのものじゃないよ。アネットは僕のお嫁さんだよ」

「ルイスぅ？　何か言ったかしらぁ～？　あっ、もしかして、ゲンコツ一発じゃ足りなかったのかしら？　もう一回殴っておく？」

「……鬼(オーガ)め。僕はけっして暴力には屈しないぞ。ブクブクブクブク……」

ロザレナと交代し、今度はルイスが湯船に顔を沈めて、こちらをジト目で睨(にら)んでくる。

そんな彼に勝ち誇った笑みを向けた後、ロザレナは俺の横を通り過ぎ、目の前にあるバスチェアに腰かけた。

「さっ、特別にあたしの身体に触れることを許してあげるわ！　光栄に思いなさい!!」

「……」

「何で目を瞑っているのよ！　ほら、早く！」

「わ、分かりました……」

恐る恐る瞼を開けると、目の前にあるのは、ロザレナの綺麗な背中だった。

シミひとつない透き通ったその肌は、まるで造りもののように綺麗で——猫のようなしなやかな曲線美を描くその肢体は、思わず目を奪われてしまう程の艶めかしい様相をしていた。

彼女のその美しい身体に思わず生唾を飲み込んでしまったが……俺は即座に頭を振り、すぐさま煩悩を振り払う。

今の俺は女であり、ロザレナの側仕えであるメイドの少女だ。

彼女は、この俺の中身が男……それも四十代後半のオッサンだということを知らない。

この事実を知った、その時。きっとロザレナは、大きく傷付いてしまうに違いないだろう。

俺は、彼女には……ロザレナにはいつも笑顔で居て欲しい。

だからこそ、このような行いは——恋人でもない男性が女性の身体に触れる行為は、けっして許されてはいけないことだ。

俺は再び目を瞑り、お嬢様に謝罪の言葉を口にする。

「……申し訳ございません、お嬢様。やっぱり、私にはできません」

「お望みであれば、どんな罰でも受け入れます。ですから、どうか――」

「はぁはぁ……」

「お嬢様？」

「もみもみ、もみもみ……」

「……あの、いったい何をやっているんですか、お嬢様」

目を開けると、何故かロザレナが……鼻息を荒くしながら俺の胸を揉みしだいている姿が視界に入ってきた。

鼻血を出して、目を真っ赤に血走らせながら、熱い吐息を溢しているその様相は――どう見ても興奮した男の反応のそれだろう。

しかも、何か、さっきから手つきがいやらしいんだが……さっきのルイスの時と違って、気持ち悪さしかないのだが。

普通に、何か嫌だわ、これ。

「――チョップ」

「んぐぁ!?」

何だかすっごく気持ち悪かったので、とりあえず脳天にチョップを放っておく。

するとロザレナは頭を押さえ、しゃがみ込み、大きな悲鳴を上げた。

「い、痛ったーいっ!! 何するのよ、アネット!!」

「さっ、ルイス様、そろそろお風呂から上がりましょうか。お体をお拭きしますよ」

「うん!!」

「ちょ、ちょっと、まだあたしの身体洗って無いじゃないっ!!　何処行くのよっ!!」

俺はロザレナを置いて、そのままルイスを連れて大浴場を後にする。

しっかし、ロザレナの奴、何か変な方向に成長してやしないか？

まさか女体に興味を示すようになるとは……いったい、修道院で何を学んできたんだ……。

それにしても、さっきのアレは気持ち悪かったな。話に聞く『神聖な百合』という感じが全くしなかったのだが。

おじさんにキモイと言われるのだから、これは相当ですよ、お嬢様……。

◇　◇　◇　◇　◇

──午後十時半。

大浴場から上がり、眠そうな目を擦るルイスを奥様の元へと届けた後。

真っ赤なネグリジェに着替えたロザレナが、俺と二人で話をしたいと声を掛けてきたので——俺たち二人はこっそりと屋敷を抜け出し、中庭へと出てきていた。

早春といえども、外はまだ何処か肌寒い。

俺は、一度部屋に戻って用意してきていた毛布を、ロザレナの肩へとそっと掛けておいた。

「え？　あ、ありがとう……」

「いえいえ。私はお嬢様の家来ですからね」

「家来って……もう、いったい、いつのことを言っているのよ」

そう言って呆れたように笑うと、ロザレナは切り株に腰かける。

そして、少しスペースを空けると、ポンポンと空いた箇所を手で叩いた。

「ほら、ここに座りなさい」

「い、いいえ、私は立っていても別に問題は……」

「いいから。ここから一緒に満月を見るの。来なさい」

「は、はい。では、失礼致します」

ロザレナの隣にそっと腰かける。

すると彼女は毛布の半分を、俺の肩へと掛けてきた。

「お、お嬢様!?」

「こ、こうすれば一緒に温まれるでしょ？　一石二鳥でしょ？」

そう口にし、頬を真っ赤に染めるロザレナ。

俺はそんな彼女にクスリと笑みを溢すと、そのまま夜空に浮かぶ丸い満月へと視線を向けた。

「そんなに恥ずかしがるのなら、無理をしなくてもよろしいのに」

「は、恥ずかしがってなんかいないわよっ!!　勘違いしないでくれるっ!?」

「はいはい、そういうことにしておいてあげます」

「むぅ～～～!!　生意気なメイド～～～!!」

そう言って頬を膨らませながらも、ロザレナも一緒に満天の星空を見上げる。

五年ぶりだというのに、お互いに大きく姿も変わったというのに。

それなのに、俺たちはあの時と何も変わらず、和気藹々と会話を弾ませている。

まるで、五年の空白が無かったかのように。

まるで、これが日常だったかのように、二人の間には和やかな空気が流れていた。

「……アネット。あたし、修道院でちゃんと信仰系魔法を習得してきたわ」

突如、真剣な表情を浮かべると、ロザレナは月を見上げたまま静かにそう呟いた。

その瞬間、今までの和やかな雰囲気が無くなり、辺りには静謐な気配が立ち込める。

「あたしは……あたしは、五年前と何も変わっていない。今でも、貴方と共に聖騎士養成学校に入学したいと思ってる。そして……そしていつの日か必ず『剣聖』の称号を手に入れたいと思っている。あたしの野望はあの頃と何も変わってはいないわ」

「そうですか……」

「ねぇ、アネット。改めて聞きたいのだけれど……貴方も、あの頃と答えは変わっていないの？」

「……」

「あの頃、聞かせて貰った答えと変わらずに、今でもメイドをやりたいと言うのなら……止めはしないわ。あたしは貴方の意志を尊重する」

俺の意志を尊重する、か。

まったく、身なりだけでなく内面も見違えたな、ロザレナは。

昔は、自分の思い通りにならないことがあったら、絶対に意見を曲げない子供だったのに……何と言うか、凄く大人になった。

もし、あのまま俺が傍にいて、彼女と共に修道院に行けた未来があったとしても、この成長はきっと見られなかったことだろう。

自分一人で物事を考え、自分一人で新しい環境で生活を送る。

知らない人間だらけの中で適応し、自分以外の周りの人間と打ち解け合うことができたからこそ、彼女はここまでの精神的成長を得ることができたんだ。

他人の目線で物事を考えられるようになったのは、きっと、良い人たちに出逢えたおかげなのだろうな。

人は他者との関わりを持って、己の価値観を変えていくものだから。

「ねぇ、答え、聞かせてくれない？　アネット……」

俺の沈黙に我慢できなかったのか、こちらに顔を向けてくるロザレナ。

月明かりに照らされたその顔は、悲痛そうに歪んでいた。

「お嬢様は、どうして、そんなに悲しそうなお顔をなさっているのですか？」

「……あたしは……あたしは、分かっているから。アネットが、未だに剣を握りたくないってことが。貴方が……あたしとは違う道を行きたがっていることが」

「……」

「で、でも、良いの。あたし、アネットに寄り添ってばかりいたらダメになっちゃうだろうからね。だから、昔みたいな失敗はもうしないわ。貴方がたとえこの家のメイドとして生きる道を選んだとしても、ちゃんと一人で、あたしはあたしの道を行――」

「遍く光の渦よ、聖なる加護で汝の眷属が征く道を明るく照らしたまえ――【ホーリーライト】」

「え――？」

詠唱を唱えた瞬間、俺の掌の上にポウッと、小さな光の球が浮かび上がる。

これは、低五級の信仰系魔法である、【ホーリーライト】だ。

その効果は、半径二メートル程を明るく照らすことができるだけの、攻撃能力も治癒能力もないただの生活雑貨魔法。

一般人でも誰でも使えるような低級のこの魔法を目にして、驚く人間など殆どいないだろう。

だが……ロザレナにとってそれは、違った。

「信仰系魔法……？　ど、どうして……？」

目をまん丸にして、驚愕の表情を浮かべながら、彼女はその光の球を見つめ続けている。

俺は掌の上に浮かんでいる光の球を、握りつぶすようにして消し去り、魔法の発動を止める。

そしてロザレナの方へ顔を向けると、小さく笑みを浮かべた。

「レティキュラータス領の村にいた元修道女の方に、直接出向いて度々教えて貰っていたんです。ただ……どうやら私はその体質上、信仰系魔法との相性が悪いみたいでして。五年かけても、この魔法ひとつだけしか覚えることができませんでした」

「ち、違うの、そういうことじゃなくて……っ!!」

そう口にして一呼吸挟むと、ロザレナは恐る恐るといった様子で再び口を開く。

「なんで？　なんで、貴方がその魔法を？　だ、だって聖騎士養成学校に入学したくないのなら……信仰系魔法を覚える必要なんて無いのに……」

「……ギュスターヴ様とメアリー様に入学金まで用意して貰ったのに、私が行きたくないからと言って、信仰系魔法を習得する努力を怠るわけにはいきませんよ。それに……お嬢様が五年の約束を守ってくださったのに、メイドである私が主人との約束を破っては顔が立ちませんでしょう？　ね？」

「そ、それじゃあ……」

「はい。非常に不本意ではあるのですが……お嬢様の側仕え（そばづか）として、私は、この春からロザレナ様と共に聖騎士養成学校へ入学したいと思います」

「ア、アネットーーーーーーーーーっ!!」

「う、うわ!?　ちょ、ちょ!?　お嬢様!?」

もの凄い勢いで抱き着かれ、俺はそのまま切り株の上から後方の草むらへと倒れ伏していく。

満面の笑みで俺を抱きしめる彼女の横顔を盗み見た後、俺は呆れたように笑みを浮かべながら、夜空に浮かぶ満月へと静かに視線を向けた。

春の新緑を明るく照らす、まん丸とした青白い月。

その神々しい月は、まるでこれからの俺たちの門出を祝うかのように……優しく、穏やかな光を放っていた。

あとがき

皆様、初めまして、三日月猫と申します。

この度は私のデビュー作である『最強の剣聖、美少女メイドに転生し箒で無双する』を手に取っていただき、ありがとうございました。

私事ですが、私は幼い頃から漫画家を目指していました。将来、いつか絶対に自分の本を世に出してやるんだと意気込み、高校時代はＧペンを握り、ろくに勉強せずに漫画ばかりを描いていました。

けれど、結果は最終候補止まりで、賞を取るには至らず。

二十歳を迎えてからは、創作活動をきっぱりと止めることにしました。

ですが……やっぱり、物語を作る楽しさは忘れられずに、今度は何を思ったのか小説を書き始めまして。そうして数年程小説を書き続けて、この作品を昨年十月、小説家になろう様で投稿し始めました。

最初は全然読んでくださる人がいませんでした。ＰＶも本当に少なかったです。

ですが、読者様が長くこの作品を支えてくださったおかげで、ついに、『第８回オーバーラップＷＥＢ小説大賞』で銀賞を受賞し、書籍化するに至りました。

ここで改めて、お世話になった方々への感謝を申し上げたいと思います。

まずは、ｗｅｂ投稿サイトでこの作品を支えてくださった全ての読者の皆様方へ。

剣聖メイドをずっと読んでくださり、支えてくださって、本当にありがとうございました。皆様のおかげで、こうしてこの作品を世に出すことが叶いました。

続いて、担当編集者様。初めての出版で分からないことだらけで混乱している私を懇切丁寧に導いてくださり、心より御礼申し上げます。賞の選考時、数ある作品の中からこの作品を選んでくださったこと、感謝してもしきれません。初めての担当様がこんなに素晴らしい方で良かったです！　大恩人です！

次に、イラストを担当してくださった、ａｚｕタロウ先生。アネットたちをすごく綺麗に描いていただき、感謝致します。初めてアネットの立ち絵を見せていただいた時の感動は凄かったです！　どのキャラも、脳内で思い描いていた何倍もかっこよくて可愛くて……立ち絵を拝見させていただいた時、外に居たのですが、感動のあまり思わず大きな声を漏らしてしまいました（笑）。もう自分は先生の大ファンです！

最後に、株式会社オーバーラップ様、校正様、この作品を販売する上で関わってくださった全ての皆様方。ご尽力していただき、誠にありがとうございます。幸甚の至りです。

この本が出版されるまでの間、小学生の頃から今までずっと一緒に暮らしてきた愛犬二匹を一気に亡くし、重度のペットロスになってしまったり、何度もスランプに陥ってしまったりと、様々な辛い出来事がありました。ですが、無事、アネットたちの物語を世に送り出すことができて良かったです。

続巻できるかどうかは分かりませんが……この巻はプロローグで、次巻からが本編の始まりとなります。

二巻からは、アネットとロザレナがついに、聖騎士養成学校に入学する話となります。

アネットは学校ではメイドとして影に徹し、周囲に実力を隠しつつも、密かに敵を倒し篝で無双していきます。

けれど、その実力が、徐々に他の生徒にバレていくことになり――？

アネットとロザレナは、入学初日から、波乱万丈な学園生活を送ることとなります。

続きが出るかは分かりませんが、ぜひ、楽しみにしていただければ幸いです！

恐らく二巻では、自分の大好きなキャラのルナティエが登場すると思います。

ａｚｕタロウ先生の描くルナティエが見たいので……二巻、出て欲しいなぁ（笑）。

あっ、「＃剣聖メイド」で感想ツイートして貰えると助かります！　承認欲求モンスターなので、この作者、泣いて喜びます！（笑）

さてさて、長くなりましたが、そろそろ締めさせていただきます。

皆様、この本を手に取ってくださり、本当にありがとうございました。

この小説を本棚の片隅にでも置いて、時折、可愛がって貰えれば幸いです。

皆様の心に少しでも残る物語を書けていたらと、願うばかりです。

では、また二巻でお会いできることを心から祈って。

少し早いですが、皆様方、良いお年をお過ごしください。ではでは！

最強の剣聖、美少女メイドに転生し箒で無双する 1

発　行　2023年11月25日　初版第一刷発行

著　者　三日月猫
発行者　永田勝治
発行所　株式会社オーバーラップ
〒141-0031　東京都品川区西五反田 8-1-5
校正・DTP　株式会社鷗来堂
印刷・製本　大日本印刷株式会社

Printed in Japan　ISBN 978-4-8240-0653-0 C0193

作品のご感想、ファンレターをお待ちしています

あて先：〒141-0031　東京都品川区西五反田 8-1-5 五反田光和ビル4階　ライトノベル編集部
「三日月猫」先生係／「azuタロウ」先生係

PC、スマホからWEBアンケートに答えてゲット!

★この書籍で使用しているイラストの『無料壁紙』
★さらに図書カード（1000円分）を毎月10名に抽選でプレゼント!

▶https://over-lap.co.jp/824006530
二次元バーコードまたはURLより本書へのアンケートにご協力ください。
オーバーラップ文庫公式HPのトップページからもアクセスいただけます。
※スマートフォンと PC からのアクセスにのみ対応しております。
※サイトへのアクセスや登録時に発生する通信費等はご負担ください。
※中学生以下の方は保護者の方の了承を得てから回答してください。